KB020519

DREAMBOOKS★

# 정령사 헌터 성공기

양인산 현대판타지 장편소설

MODERN FANTASY STORY & ADVENTURE

# 정령사 헌터 성공기 11(완결)

**초판 1쇄 인쇄** 2016년 7월 14일
**초판 1쇄 발행** 2016년 7월 25일

**지은이** 양인산
**발행인** 오영배
**책임편집** 편집부
**표지 · 본문 디자인** 권지연
**일러스트** 신상원
**제작** 조하늬

**펴낸 곳** (주)삼양출판사 · 드림북스
**주소** 서울시 강북구 도봉로 173
**대표 전화** 02-980-2112 **팩스** 02-983-0660
**출판등록** 1999년 3월 11일 제9-00046호



ISBN 979-11-313-0577-5 (04810) / 979-11-313-0339-9 (세트)


+ 이 도서의 국립중앙도서관 출판시도서목록(CIP)은 서지정보유통지원시스템홈페이지(http://seoji.nl.go.kr)와 국가자료공동목록시스템(http://www.nl.go.kr/kolisnet)에서 이용하실 수 있습니다. (CIP제어번호: 2016016838)

# 정령사 헌터 성공기

11

MODERN FANTASY STORY & ADVENTURE

양인산 현대판타지 장편소설

dream books
드림북스

# 헌터 정령사 성공기

# 목차

# Chapter 01
# 재현의 방황

2차 몬스터 대출몰 이후 용까지 등장하여 대한민국은 어마어마한 타격을 입게 되었다. 몬스터 소탕에 기반이 되는 상급 헌터의 수가 급감한 까닭이다.

헌터 1세대부터 활약했던 헌터들도 다수 포함되어 있었다. 그러나 다행이라고 해야 할까.

용이 전술핵 위력의 숨결을 토해 낸 덕분에 그 근방에 있던 몬스터들이 순식간에 사라졌다.

서울의 3분의 1이 잿더미가 되고, 나머지 서울 지역은 여전히 몬스터가 돌아다닌다.

그러나 용의 숨결로 인해 높은 등급의 몬스터가 대부분

소멸하였기에 의도치 않게 소탕에 탄력을 받을 수 있었다.

하지만 여전히 안심할 수 없다는 여론이 뜨거웠다.

이번에도 방심하고 있다가 두 차례 출몰한 몬스터에게 나라 자체가 쑥대밭이 되지 않았던가.

덕분에 물가가 상승하고 매점매석과 사재기를 하는 사람도 생겨났다. 그 반동은 자연스럽게 대다수의 국민들에게 향했다. 하지만 그것은 큰 위협이 아니다.

적십자에서는 구호 물품을 나눠 주고 있고, 헌터들은 몬스터 소탕에 전력을 가하고 있었으니까. 아직 서울은 몬스터에게 장악된 상태다. 현실적인 문제는 여전히 몬스터였다.

콰아앙!

"……."

서울 한복판에서 거대한 폭발이 일어났다. 몬스터들이 비명을 지르며 쓰러진다. 그 모습을 두 눈에 담고 있는 재현은 무정해 보이기까지 했다.

"캬아아아악!"

아나콘다처럼 생긴 몬스터. 수천 개의 날카로운 이빨을 가진, 칼날 맹독 뱀이라 불리는 몬스터다.

B급의 아주 위험한 몬스터지만, 재현은 겁먹은 기색이 없었다.

그가 가볍게 손을 휘젓자, 녀석의 주위로 스파크가 작렬했다. 녀석에게는 큰 데미지로 다가왔다.

녀석이 전류로 인해 몸이 마비가 된 듯 제대로 움직이지 못했다. 재현은 그런 녀석에게 천천히 다가가며 손을 내뻗었다.

"다크니스 블레이즈."

녀석의 몸에 검은 불꽃이 타오르기 시작했다. 녀석이 비명을 질렀지만 불은 끌 수 없었다.

녀석을 완전히 태울 때까지 절대 없어지지 않을 검은색 불꽃. 그는 그 모습을 담담히 지켜보았다.

녀석은 몸만 아니라 수정체까지 다 없어져 버렸다. 재현은 하늘을 바라보았다. 그곳에는 몇 마리의 비행 몬스터들이 재현을 공격할 기회를 엿보고 있었다.

세종시에서부터 쫓기고 쫓겨 이쪽까지 날아온 몬스터 같았다. 녀석들과 눈이 마주쳤다. 비행 몬스터들이 재현을 향해 빠르게 추락했다.

"덩치만 큰 새 주제에."

재현이 발을 구르자, 아스팔트가 그를 보호하듯 들렸다. 정확히는 철골이 휘어진 것이다. 비행 몬스터들은 날개를 움직이며 다시 하늘 높이 날아올랐다. 녀석들은 방어벽에 무모하게 부딪치거나 하지 않았다.

"꺼져."

재현이 손에서 번개를 쏘았다. 한 녀석이 번개에 맞고 추락했다. 킵보이를 버린 상태여서 정보를 보지 못하지만 잘 쳐 줘 봐야 C급이라고 판단했다.

하늘을 날아다녀서 까다로울 뿐이지, 공격만 제대로 들어가면 별것 아니라는 소리였다. 그러나 당하는 것은 단 한 번뿐.

나머지 녀석들은 전류가 닿지 않는 곳까지 높이 올라가 계속 재현의 머리 위를 비행했다.

언제든지 노릴 수 있도록 울부짖고 있었다. 자신과 같이 비행하고 있는 비행 몬스터에게 신호를 보내는 것 같았다.

"시끄럽게 까악까악 울지 마."

재현은 참지 못하겠다는 듯 인상을 잔뜩 찌푸렸다.

"헬 파이어 버스트."

지옥의 불꽃이 녀석들에게 뿜어졌다. 하늘이 녹아내렸다. 달아날 틈도 없이 순식간에 몸에 불이 붙은 녀석들이 날카로운 괴성을 질렀다.

귀를 강하게 때리는 날카로운 비음. 그러나 재현은 귀를 막기는커녕 몬스터의 비명 자체를 즐기고 있었다.

"강력하긴 하네."

상급 불의 정령의 기술은 확실히 강력했다. 특히 대인전에서는 말할 것도 없었다. 전류도 그렇지만, 불도 엄청난 위력을 지니고 있었다. 그러나 너무 강한 공격을 사용한 것일까? 어지럼증이 느껴졌다.

"나이아스."

재현이 나이아스를 소환했다. 나이아스가 소환되자마자 그의 모습을 보고 놀랐다.

감정의 공유까지 끊고, 그가 스스로 모든 것을 차단해 그의 모습도 볼 수 없어 궁금했던 나이아스. 겨우 이렇게 소환이 되고서야 나올 수 있었다. 그런데 그의 모습을 보고 놀라지 않을 수 없었다.

일주일간 무슨 일이 있었는지, 그의 몰골이 말이 아니었다. 눈 밑은 검은 그림자로 짙고, 보기 좋았던 볼살은 쭉 빠져 뼈가 보일 정도였다.

스스로의 관리는 누구보다 잘했던 그가, 앙상해 보였다.

"재현아……."

"정화수."

재현은 자신의 말만 했다. 시선도 마주치지 않고 손만 내밀고 있었다.

"시간 없어. 빨리 만들어."

재현의 말에 나이아스가 괴로운 표정으로 고개를 끄덕이고 정화수를 만들었다. 감정의 공유를 끊어 그의 감정을 느끼지 못하지만, 분명 좋지 않을 것이다.

'재현이가…… 울고 있어. 그리고 분노하고 있어.'

겉은 울지 않고 있다. 분노하지도 않았다. 그러나 그의 마음은 굳이 느끼지 않아도 알 수 있었다.

"여기…… 있어."

재현은 페트병에 담긴 정화수를 확인하고 시선도 주지 않은 채 조용히 말했다.

"돌아가."

그리고 다시 역소환. 매정하다고 할 만큼 재현은 딱 필요할 때만 정령을 소환했다. 뭔가 말할 기회조차 주지 않았다. 정령들의 말을 들으려고 하지 않았다. 또한 말하고 싶지도 않았다.

그것이 지금 재현의 모습이었다.

* * *

한참 사냥을 하고 나서 재현은 지친 몸을 이끌고 인근에 보이는 편의점으로 향했다.

당연하지만, 몬스터들이 활개를 치고 다니고 있으니 문은 닫힌 상태다. 그러나 먹을 것을 조달하기 위해서는 어쩔 수 없었다.

'계산대에 돈 놓고 가면 되겠지.'

전력 공급이 되지 않아 CCTV도 제대로 작동하지 않을 테니 굳이 돈을 내지 않아도 되겠지만, 조금이라도 찔릴 짓은 안 하는 편이 좋으리라 생각했다.

재현은 사철로 자물쇠의 열쇠를 만들어 풀어 버리고 안으로 들어왔다. 이곳은 몬스터의 피해를 거의 받지 않은 듯, 유리창마저도 멀쩡했다.

비를 피하기도 좋고, 잠깐 쉬고 가기도 편할 것이다. 몬스터의 피해를 받지 않은 만큼 당분간 이곳을 거점으로 활동해도 괜찮을 것이다.

그렇게 자물쇠를 열고, 문을 열고 들어갔다. 편의점치고 꽤 넓은 편이었다. 어둠에 익숙하니 진열된 것도 잘 보였다. 아마 진열대 말고도 창고에도 많이 보관되어 있을 것이다.

그런데 그때 재현은 뭔가 이상한 느낌을 받았다.

'문이 잠겨 있는데 먹다 버린 봉지가 남아 있어?'

그렇다면 안에 누군가가 있다는 뜻. 그리고 곧 귀에 무슨 소리가 들려왔다.

철컥!

쇳소리가 재현의 귀를 때렸다. 총을 장전하는 소리였다.

"정지. 손들어. 움직이면 쏜다."

재현이 적의가 없다는 것을 알리기 위해 손을 들었다.

"사랑."

"……뭐?"

"사랑!"

이게 뭔 말인가 싶다가 재현은 곧 말투나 기백으로 무슨 의도로 하는 말인지 깨달았다.

"군인이 아니라서 암구호 모른다. 애초에 몬스터에게 그런 소리를 지껄이면 표적이 될 뿐이다."

헌터로서 알게 된 사실은, 몬스터는 인간에게 가장 민감하게 반응한다는 것. 그가 만일 몬스터였다면 냄새로 알기도 전에 소리를 듣고 달려들었을 것이다.

"누구냐."

"인간."

"용무는?"

"지금 근무 교대하는 것도 아니고. 작작 좀 하시죠?"

철컥!

대답하지 않으면 쏘겠다는 듯 소리로 위협한다. 재현이 한숨을 내쉬었다. 총 정도로 자신을 어찌할 수 없다.

먼저 선수를 치기만 하면 되기 때문이다. 그러나 굳이 인간을 상대로 불필요한 싸움을 할 필요는 없었다.

"음식 조달하러 왔습니다."

"신원 확인을 위해 3보 앞으로."

재현이 융통성이라고는 전혀 찾아볼 수 없다는 표정을 짓자, 그쪽에서 옅은 빛으로 이곳을 비추었다. 계급장이나 그런 건 보이지 않지만 복장을 보고 그를 헌터로 추정한 것 같았다.

"신원이 확인되었습니다."

이렇게 FM으로 하는 군인도 다 있구나 생각하며 다가가는 재현. 그는 곧 몇몇의 군인들을 볼 수 있었다. 그들의 계급장은 고작 막대기 하나, 높아 봤자 두 개였다.

"……."

FM으로 할 만한 이유가 있었다. 아마 소대에서 떨어져 이곳에 들어온 이들일 것이다. 일병이 재현에게 다가왔다.

"김진태 일병입니다. 이곳까지 왔다는 건 실력 있는 헌터라는 소리겠죠?"

군인이 아니니 마음껏 '요' 자를 쓰는 군인. 어차피 헌터나 군인이나 관리하는 곳이 다르니 상관없었다.

"헌터 아닙니다. 헌터 때려치웠습니다."

그럼 왜 이곳에 있느냐는 듯 바라보는 그들. 재현은 대답하지 않았다. 그러나 오히려 그들이 이곳에 있는 게 더 궁금한 재현이었다.

"문이 잠겨 있었는데 어떻게 들어왔죠? 밖의 자물쇠가

잠겨 있던 것도 설명해 주시죠."

재현은 그것이 가장 궁금했다. 안에서 밖의 자물쇠를 닫는 것은 불가능한 일이기 때문이다.

"뒷문으로 들어왔습니다. 다행히 그곳은 열려 있더군요. 몬스터들을 피해 달아나려고 열어 본 건데, 다행히 편의점 창고더군요."

"그리고 지금까지 동료들이 올 때까지 이곳에서 버티고 있었다는 거군요."

군인들이 고개를 끄덕였다. 보아하니 꽤 오랫동안 이곳에 있던 것 같았다. 2차 대출몰이 시작되었을 때부터 이곳에 있었을 테니…….

'최소 2~3주는 있었겠네.'

이런 공간에서 그렇게 오랫동안 지내다니. 다행이라면 편의점인 덕분에 식량은 충분하다는 것이다. 전기가 들어오지 않지만 최소한 먹고 잘 수 있었을 것이다.

"다른 곳에서 몬스터들을 얼마나 정리했습니까?"

"아직 이곳까지 진격하지는 않았습니다. 아마 조금만 더 참으면 구조될 수 있을 겁니다."

군인들은 다행이라고 생각하며 안도의 한숨을 내쉬었다. 그들이 함부로 밖으로 나서지 못하는 것도 아직 몬스터들이 가득하기 때문이다.

재현은 이곳까지 몬스터들을 뚫고 왔지만 그들은 다르다. 대괴수탄이 장전된 총에만 의지하고 있는 세 명의 군인.

C급까지는 어떻게 한다고 쳐도, 그 이상의 등급과 다수의 몬스터를 상대하기는 힘들다.

서울에는 아직도 많은 수의 몬스터들이 잔재하기 때문이다. 또한 그들은 가지고 있는 총알도 부족한 실정이다.

쓰러진 전우들의 탄창을 가져와 어느 정도 수량이 있다고는 하나 조금이라도 아낄 필요가 있는 것이다. 또 이곳이 그만큼 안전하기에 함부로 밖으로 나가기도 꺼려졌을 것이다.

"근데 이곳까지 올 수 있던 헌터라면 엄청난 헌터라는 뜻인데, 왜 헌터를 그만뒀죠?"

"여러 가지 일이 있어서요. 헌터는 아니지만 몬스터를 잡고 있습니다."

굳이 그것에 대답할 이유는 없다. 재현이 대답을 하지 않자, 말 못 할 사정이 있어서 그런 거겠지 하고 생각할 뿐이다.

"일단 이곳을 거점으로 움직일 생각인데. 괜찮죠?"

"예, 물론이죠."

차라리 재현이 머물러 주면 그들도 안심이었다. 지금까

지 안전했다고 해도 몬스터들에게 언제 습격당할지 몰라 조마조마했던 그들이다.

이곳에 혼자서 올 수 있을 정도로 뛰어난 헌터가 있다는 것만으로도 그들에게는 큰 위안이 되었다.

재현은 진열대를 살폈다. 배에서 얼른 밥 달라고 난리도 아니었다.

'우유하고, 인스턴트 식품은 이미 유통기한이 지난 지 한참이고…….'

설사 유통기한이 지나지 않았다고 해도 전기가 들어오지 않은 탓에 냉동 보관이 되지 않아 훨씬 전에 상했을 것이리라.

그렇다면 라면으로 때우면 될 것이다. 가스레인지가 없다고 해도 충분히 버틸 수 있을 것이다.

"끓일 만한 도구는 없습니다."

"그럼 그동안 어떻게 먹은 거죠?"

"생으로 스프를 찍어 먹었습니다."

재현도 라면을 간식처럼 그렇게 먹은 적이 있다. 간식으로는 괜찮지만, 끼니로는 터무니없을 법도 했다.

"왜요? 부탄 가스레인지는 있잖아요."

"냄비 같은 도구가 없어서요. 설사 있다고 한들 함부로 켤 수 없고요. 불빛이 새어 나가니까요."

한편에 놓아진 군장 하나에 시선이 향했다. 숫자가 맞지 않은 것을 보니 아무래도 이곳까지 급히 도망치면서 놓고 온 것 같았다. 간신히 하나를 들고 왔더니 몇몇 물품을 잃어버린 듯하다. 반합만 있어도 충분할 텐데. 가장 중요한 반합도 없다.

몬스터들은 불빛에 예민하니 작은 불빛도 조심하는 것이리라.

'나이도 어린데…….'

자신의 경우 그들처럼 이런 절망적인 상황을 겪어 본 적이 없었다. 그가 군 생활을 할 때는 몬스터를 만나 본 적이 없으니까.

덕분에 평화롭게 군 생활을 했다고 보면 되었다. 그러나 자신과 다르게 이렇게 고생을 다 하고, 생사를 건 싸움을 하는 그들.

재현은 안쓰럽다고 생각하며 그들을 한곳에 모았다.

"드세요."

"예?"

재현이 나무젓가락과 함께 그들에게 봉지를 줬다. 그들은 라면 봉지를 받아 들고 의아함에 물들었다.

뜨거운 물이 봉지 안에 담겨 있던 것이다.

"어떻게 한 거죠?"

뽀글이는 그들도 많이 먹었다. 그러나 그들은 이곳에 온 이후로 제대로 된 음식을 먹은 적이 없었다.

정수기도 없고, 라면을 끓일 수 없었다. 재현도 마찬가지다. 더 놀라운 건 봉지를 뜯고 스프를 넣는 것까지는 봤지만, 물을 붓거나 끓인 것을 본 적이 없었다.

"제 능력이거든요."

수분을 모으는 것 정도야 일도 아니다. 그리고 그것을 불의 기운으로 뜨겁게 만들면 뽀글이 정도는 일도 아니었다.

"감사합니다."

군인들이 허겁지겁 뽀글이를 먹기 시작했다. 오랜만에 먹어 보는 식사. 그는 컵밥까지 데워서 주었다. 제대로 된 식사. 그들은 국물에 밥을 말아 먹기까지 했다. 부족하다 싶으면 더 만들어 주었다.

오늘 제대로 포식한 그들은 만족한 얼굴을 하고 있었다. 비록 라면과 국물에 밥을 말아 먹는 정도지만, 오랜만에 먹어 보는 제대로 된 식사였다.

"감사합니다. 따뜻한 밥은 생각도 못 했는데."

한국인은 밥심이라고 했던가. 배가 든든해지는 것을 느끼며 만족스러운 미소가 피어오르고 있었다. 그들이 웃으니 재현의 얼굴에도 미소가 그려졌다.

'그래, 이들이라도 구하는 게 어디냐.'

헌터들이 고생하는 걸 아는 군인들. 그들에게 작은 성의만 보였을 뿐인데 엄청 고마워하고 있다. 도움을 받고 있음에도 불구하고 감사의 인사조차 할 줄 모르던 그때의 그 노인과 달랐다.

절망의 구렁텅이에 빠진 그가 점차 활력을 찾기 시작했다.

*　　*　　*

편의점을 거점으로 해서 나흘째. 헌터와 군인들이 몬스터 소탕에 열을 가하고 있지만 여전히 소극적이다.

아주 먼 거리에서 간간이 총소리만 울려 퍼질 뿐, 대대적인 공격을 감행하고 있지는 않았다.

"가시게요?"

진태가 재현에게 물었다. 그가 고개를 끄덕였다.

"응. 오늘도 해가 저물기 전에 돌아올 거니까 걱정 마."

재현은 그들과 대화를 하면서 말까지 놓게 되었다. 재현은 군인들이 근방까지 수복할 때까지 그들을 보호하기로 마음을 먹었다. 인근까지 수복해서 안전하게 대피시키면 충분히 안심이다.

"형도 열심히 하시네요."

"몬스터에게 화풀이하는 거지만."

"헌터를 때려치웠으면서 왜 몬스터를 잡는 거예요?"

"……여러 가지 일이 있어서 말이야."

재현은 여전히 사정을 말해 주지 않았다. 말해 봤자 뭐 하겠는가. 그들의 입장에서 가장 믿을 만한 사람들은 헌터들일 텐데. 이미 떨어질 대로 떨어진 사기를 저하시키고 싶지도 않았다.

"후임들 잘 챙기고 있어."

재현이 이등병들에게 시선을 향했다. 마르고 키가 큰 종훈과 키가 작지만 덩치는 어느 정도 있는 체대 출신인 유철이다. 다들 믿음직스러운 녀석들로 보였다.

"말하지 않았던가요? 얘네들 제 후임 아니에요. 다른 대대 사람인데 후퇴 도중 만나서 같이 다니게 된 거예요. 이곳에 박혀 지내면서 어느 정도 친해졌지만요."

"아, 그래?"

부대마다 다르지만 중대가 다른 곳들을 서로 아저씨라고 부르는 경우도 흔했다.

재현의 경우 한 중대를 제외하고 다른 중대도 다 선후임이었지만 말이다. 확실한 건 다른 대대면 선후임 관계는 아니라는 것이다.

유철이 다가왔다.

"그래도 의지는 되더라고요. 계급이 높으니까 어떻게 할지 좀 더 잘 알고요."

부족해도 서로 머리를 맞대고 고민할 수 있었을 것이다. 이게 좋은 건지 나쁜 것인지 모르지만, 나쁘게 작용하지는 않은 것 같으니 좋게 생각하기로 했다.

"어쨌든 조용히 있어. 몬스터들을 최대한 정리할 테니까."

재현은 몬스터들이 없는 강남까지 최대한 몬스터를 정리할 생각이다. 아직 잔재한 몬스터들이 너무 많은 탓에 그들을 전부 데리고 가기는 무리였다.

재현은 괜찮을지 모르지만, 그들이 괜찮지 않다. 매복해 있는 몬스터들이 있을지도 모르니 신중을 기하려는 것이다.

"형도 조심하세요."

재현이 고개를 끄덕이며 자리에서 벗어났다. 몬스터들을 찾기 위해 다시 배회하기 시작했다.

* * *

재현이 정령들을 부르지 않고, 혼자서 몬스터를 소탕하

고 있었다.

그 누구의 명령도 듣지 않고 몬스터들을 향해 적의를 쏟아 냈다. 그러나 그는 스스로를 통제하지 않았다.

정령력이 거의 고갈될 때까지 싸운 후, 돌아가서 쉰다. 그리고 다시 소탕에 나섰다.

몬스터를 잡는 것은 헌터의 본분이기는 하지만, 그는 단지 몬스터들에게 화풀이를 하는 정도로밖에 안 보였다.

또한 민간인 구출은 생각도 하지 않고 있었다. 민간인들의 구조 요청은 깔끔하게 무시하고, 오로지 싸움에만 전력을 다했다. 평소 그가 하던 방식과 전혀 다르다고 볼 수 있었다.

그리고 그 시각.

"이건 분명히 심각한 문제야."

나이아스는 심각한 표정을 짓고 있었다. 재현의 정령들이 정령의 호수에 모여 머리를 맞대고 고민하고 있었다.

재현은 부정적인 감정에 계속 노출된 상황이다. 감정의 공유는 물론이고, 그의 모습조차 볼 수 없도록 재현이 거부하고 있다.

그래서 현 상황을 볼 수 없지만, 간간이 정화수 때문에 소환되는 나이아스는 언뜻 알 수 있었다.

재현에게 어둠의 기운이 그 어떤 때보다 많이 쌓였다.

정령왕의 증표가 그의 타락과 붕괴를 막고 있지만, 그것도 한계가 존재하는 법이다. 계속 이 상태라면 또 곤란하다. 게다가 계약자 스스로 정령들을 믿지 않고 있었다.

정령사들 중 계약이 해제된 사연은 계약자의 죽음을 제외하고도 많은 사례가 존재한다. 셀레아나처럼 정령이 계약자를 신뢰하지 않게 되어 해제된 경우가 그 대표적인 예라고 할 수 있다.

그러나 재현의 경우는 그 반대였다.

정령들의 신뢰를 잃어버리기 전에, 계약자가 신뢰를 잃어버려 계약이 해제될 위기인 것이다.

이런 경우는 모든 세계를 통틀어 한 번도 없었다. 그러나 그것도 충분히 이유가 되었다.

정령왕의 증표가 모든 것을 해결해 주지는 않을 것이다.

"지금 당장 재현이와 얘기를 할래!"

썬더라스가 자리에서 벌떡 일어났다. 안이하게 앉아 있을 수 없지만, 지금 당장 할 수 있는 것도 없었다. 차라리 재현과 속 시원하게 말하는 게 좋다고 생각한 것이다.

썬더라스가 곧장 재현을 향해 텔레파시를 보냈다.

텔레파시를 끊은 것은 아닌지, 걱정이 들었지만, 다행히 텔레파시까지 관여하지 않던 모양이다.

[썬더라스. 시끄럽게 까악까악 텔레파시 보내지 마, 이

분위기 파악도 못 하는 정령아!]

그러나 재현의 반응은 상당히 격렬했다. 그가 언성을 높이듯 텔레파시를 보내자 썬더라스가 마음의 상처를 입고 울음을 터트리며 털썩 주저앉았다.

"으아앙, 재현이가 나한테 욕했어!"

재현이 대화하기를 거부하고 있다. 또한 대화를 걸려고 하면 이런 식으로 반응했다. 비교적 마음이 여린 정령들에게 그 말은 심한 상처가 될 수 있는 것이었다.

정령들이 썬더라스를 위로해 주었다.

"썬더라스. 괜찮아요. 분명 재현이도 정신이 없어서 그런 걸 거예요."

"맞아. 우리도 재현이가 마음을 추스를 시간을 주자. 재현이도 인간이잖아. 지금은 지쳐서 그런 걸 거야."

노에아넨과 셀레아나는 그렇게 말했지만, 사실 자신들의 말에 자신이 없었다.

"재현이가 위기 상황이라면 나갈 수 있겠지만, 그 상황이 아니면 방법이 없어."

이것은 재현이 스스로 깨닫는 것 말고 방법이 없는 것이다. 다크니아스라면 얘기는 다를 수 있다.

그러나 다크니아스는 이 상황을 진지하게 받아들인 채 나가지 않았다. 오히려 신중하게 생각하고 있었다.

"일단 재현이를 믿고 기다리자."

이곳에서 가장 냉정하게 생각하고 있는 것은 다크니아스일지도 몰랐다. 그러나 정령들에게 이것은 시급한 문제였다.

"재현이가 어둠에 더 먹히면 어쩌려고 그래?"

"스스로 자멸할 수도 있다고!"

특히 나이아스와 썬더라스는 더더욱 급박해 보였다. 오랫동안 그와 함께한 만큼이나 잘못되기를 원치 않는 것이리라.

"방법이 아주 없는 것도 아니야."

"……?"

"하지만 그 방법도 시간이 조금 더 필요해. 일단 조금만 더 기다리자. 서로 마음을 추슬러야 할 때이니까."

"……?"

무슨 말을 하고 있는 건지 모르겠다는 듯 바라보았지만, 다크니아스는 자세한 얘기를 해 주지 않았다.

* * *

해가 지기 전. 어느 정도 도로의 몬스터들을 정리하고, 재현이 편의점으로 돌아왔을 때 믿을 수 없는 광경을 목격했다.

"이게 무슨……."

그가 길을 잘못 온 것인가 생각했지만 아니다. 분명 그는 맞게 왔다. 그런데 이 광경은 도대체 무엇이란 말인가.

편의점의 문과 유리창은 박살이 나 있었고, 주위로는 몬스터들의 시체가 있다. 폭발이 있었는지 아스팔트가 부서지고, 새까맣게 물들어 있다.

건너편 건물에 흉탄이 나 있는 것까지 확인한 재현.

무슨 상황인지 황급히 안으로 들어갔다. 편의점 내부는 더 엉망이었다. 가지런히 놓여 있던 진열대는 쓰러져 있고, 과자들이 이곳저곳 어지럽게 널려 있다.

마찬가지로 이곳에도 몬스터들의 시체가 보였다. 핏자국과 군복에서 찢어진 천 조각도 보인다. 재현이 이를 아득 물었다.

"김진태! 주종훈! 강유철!"

한 명 한 명 이름을 부르며 소리치는 재현. 곧 창고 안쪽에서 기침 소리가 들려왔다. 재현이 창고 문을 열고 들어갔다. 그곳에는 피를 흘린 채 총을 겨누고 있는 김진태를 볼 수 있었다.

"형……."

재현의 얼굴을 보고 그제야 안심한 진태가 총을 내려놓

았다. 내려놓았다기보다 손에 힘이 풀려 놓쳤다는 표현이 가장 맞을 것이다.

"제기랄!"

재현이 욕을 하며 그의 배를 막았다. 상당히 출혈이 심하다는 걸 알 수 있었다. 그의 옆에는 종훈과 유철이 반듯이 누워 있었다.

그들의 몰골도 아침까지 봤던 모습이 전혀 아니었다. 차갑고 딱딱하게 누워 있는 그 모습. 또한 얼굴색도 이미 변해 있었다.

"몬스터가……!"

"알았어. 더는 말하지 마. 정신 꽉 붙잡고 있어."

재현이 품에서 포션과 치료수를 꺼내려고 품속을 뒤졌다. 죽은 이는 어떻게 할 수 없다. 일단 살아 있는 사람을 살리는 것이 급선무이다. 그러나 그의 품속에 포션은커녕 치료수마저 없었다.

"나이아스!"

재현이 나이아스를 소환했다. 소환이 된 나이아스가 쓰러져 있는 군인들을 바라보며 놀라고 있었다.

"살려야 돼. 치료수. 얼른 치료수를 만들어 줘!"

나이아스가 다급히 치료수를 만들기 시작한다. 재현은 출혈 부위를 손으로 막고 있다. 위급한 상황이다. 몬스터를 어떻게든 잡기는 한 것 같으나, 부상이 너무 심하다. 당장 수술에 들어가도 아슬아슬하다.

포션이 있다면 그나마 어떻게 손을 쓸 방법이 있겠는데, 그에게는 포션조차 없었다.

'젠장. 미련하게 내가 왜 포션까지 버려서는!'

독방에 갇혔을 때 포션을 버렸다. 이럴 줄 알았으면 절대 버리지 않았을 것이다. 서서히 진태의 눈이 감기려고 하자, 재현이 그의 뺨을 힘껏 때렸다.

"정신 놓지 마!"

"형…… 졸려요."

"미친놈아, 죽고 싶지 않으면 의식 단단히 붙들고 있어!"

반드시 구할 것이다. 무슨 일이 있더라도. 반드시!

"나이아스!"

나이아스가 재빨리 진태의 상처 부위에 치료수를 덮어씌우고 계속해서 정령력을 불어 넣었다.

시간이 지날수록 치료수의 효능은 좋아지고, 그의 상처에도 도움을 줄 것이다. 그러나 그의 생명의 불꽃이 서서히 줄어들고 있다는 것이 느껴졌다.

"형. 저…… 죽기…… 싫어요."

"병신아, 죽긴 왜 죽어. 형이 구해 줄게. 그러니까 넌 나만 믿고 있어!"

"추워요……."

"셀레아나!"

셀레아나까지 소환한 재현. 셀레아나는 소환되기 무섭게 눈앞에 펼쳐진 광경을 보고 놀라고 있었다.

"진태의 몸을 따뜻하게 덥혀 줘!"

"알았어!"

셀레아나도 재빨리 움직인다. 갑자기 소환하자마자 무슨 일인지 모르지만 그의 말에 따르기로 한 것이다. 셀레아나가 진태를 끌어안으며 몸을 따뜻하게 유지해 주었다. 그러나 그는 마찬가지로 추위를 느끼고 있었다.

진태의 눈에서 눈물이 쉬지 않고 흐른다.

"엄마……."

"엄마 보고 싶지? 걱정하지 마. 내가 무사히 가족들에게 보내 줄 테니까. 그러니까……."

말을 하던 재현이 뭔가 이상함을 느꼈다. 방금 전까지만 해도 흐르던 피가 흐르지 않았다. 얼굴을 살펴보니 눈을 뜬 채 동공이 풀려 있다.

"진태야! 이봐! 정신 차려! 잠들지 말란 말이야!"

재현이 몸을 흔들었지만…… 이미 숨이 멎은 상태였다. 더 이상 손을 쓸 수 없었다. 몸에 힘이 없고, 서서히 몸이 굳고 식어 가고 있었다. 재현이 그를 서둘러 눕히고 심폐 소생술을 실시했다.

가슴을 힘껏 누르며 기도를 확보하고 인공호흡도 서슴없이 한다. 그러나 10분이라는 시간이 지나도 그의 심장이 다시 뛰는 일은 없었다. 이미 그는 틀렸다. 과다출혈이 원인이었다.

"으아아아아!!"

그는 결국 또 누군가를 구하지 못했다. 재현의 분노와 스스로에 대한 원망과 슬픔이 또다시 그를 어둠으로 깊이 가라앉히고 있었다.

재현은 진태가 손에 뭔가를 쥐고 있는 것을 확인했다. 조심스럽게 손을 펼쳐 보니 그의 손에는 군번줄이 있었다. 다량의 군번줄. 종훈과 유철 말고도 이름 모를 사람들의 것까지 함께 있었다.

아마 먼저 몬스터들에게 희생된 전우들의 군번줄일 것이다. 그중에는 진태 자신의 것까지 포함되어 있었다.

아마 재현이 와도 버티지 못한다는 것을 알고 미리 빼놓은 것 같았다. 재현이 군번줄을 주머니에 넣고 자리에서 일어난다.

"재현아……."

나이아스와 셀레아나가 슬픈 눈으로 그를 바라보았다.

둘 다 그에게 손을 뻗었지만, 재현이 낮게 읊조렸다.

"혼자 있고 싶어."

그가 가볍게 손을 휘저었다. 나이아스와 셀레아나가 다시 역소환되어 사라졌다. 재현은 터벅터벅 창고 밖으로 나왔다. 그리고 철골을 이용해 문을 단단히 틀어막았다.

몬스터들이 그들의 시신을 더욱 훼손하게 둘 생각은 없었다. 그들의 시신을 발견하는 것은 이 사태가 모두 마무리된 후가 될 것이다.

팅!

재현의 목덜미를 노린 얇은 침이 보호대에 부딪쳐 바닥에 떨어진다. 재현이 무심한 눈으로 옆을 바라보았다.

"키아악!"

그곳에는 코볼트와 고블린 라이더들이 있었다. 피 냄새를 맡고 이곳에 온 것 같았다. 재현이 목을 꺾었다.

뚜둑뚜둑!

뼈마디가 부딪치는 소리가 울려 퍼지며 그가 손을 풀었다.

"너희들. 타이밍이 아주 나빴어. 절대 그냥 죽이지 않을 테니까 열심히 발악해 봐."

그리고 녀석들의 한가운데에서 거대한 폭발이 일어났다.

# Chapter 02

# 정령들의 설득

빌딩 숲으로 가득했던 서울은 휑하기 그지없었다.

건물이란 건물은 용에 의해 순식간에 파괴되었다. 전술 핵만큼 강력한 공격을 했으니 빌딩이 남아 있는 것 자체가 이상한 것이다.

그런 잿더미 위에 재현이 홀로 방황하고 있었다.

어기적어기적.

공허한 눈으로 그는 몬스터를 찾아 배회했다. 그의 몸에는 힘이 전혀 실려 있지 않았다. 마치 좀비를 연상케 하는 모습이었다.

"박재현?"

어딘가에서 자신을 부르는 소리가 들려온 것 같지만, 잘못 들었겠지 생각하며 가볍게 무시한다. 그러나 뒤이어 큰 소리가 들려왔다.

"재현 오빠!"

그제야 자신을 부르는 곳으로 시선을 돌리는 재현. 그곳에는 익숙한 이들이 서 있었다.

유라와 아영이었다. 천막들이 놓인 서울 한복판. 헌터 전진기지로 사용하기 위해 여러 가지 기기들을 설치하는 것도 보였다.

그녀들과 눈이 마주쳤다. 그제야 자신들이 잘못 본 게 아니었다는 듯 반가운 표정을 지었다. 그러나 그것도 잠깐이었다. 그의 모습을 보고 뭔가 잘못되었다고 생각한 것이다.

"재현 오빠. 무슨 일 있었어요?"

"너 몰골이 왜 그래? 어디 다친 거야?"

"……."

걱정스럽다는 듯 그에게 다가오는 유라와 아영. 피로 뒤덮인 그의 모습을 보고 이곳저곳을 살피는 그녀들. 그러나 그는 특별히 외상이 있거나 하지 않은 것 같았다.

"귀라도 다친 거야? 왜 말이 없어? 야! 뭐라고 말 좀 해봐!"

귀 가까이 목청껏 소리 지르는 유라. 재현이 인상을 와락 구겼다.

“시끄러워.”

“뭐야, 잘 들리는 것 같은데 왜 사람 말을 무시하는 거야?”

재현은 시선을 돌렸다. 그의 상태가 확실히 이상하다는 것을 느낀 아영과 유라.

걱정스러운 눈으로 그를 지그시 바라보았지만, 재현은 아무 말도 하지 않았다. 그들은 은연중 뭔가를 느꼈다.

그의 표정은 동료를 잃을 때와 같은 표정과 비슷했다.

헌터로 생활해 온 그녀들도 그와 같은 상황을 몇 번 맞이했고, 저렇게 넋을 놓은 적도 있었다.

‘재현 오빠한테 도대체 무슨 일이 있던 걸까?’

그가 저렇게까지 낙담할 정도로 소중한 이였을까?

윤정은 아니었다. 아영은 몇 시간 전에도 연락을 했다.

그녀는 다친 곳 없이 환자를 돌보는 중이라고 했다. 그렇다면 재현만 알고 있던 동료? 그것도 아니면 그의 스승?

아영은 동료나 현주가 용을 소탕하러 갔을 때 희생당한 헌터가 아닐까 추측할 뿐이다. 그녀의 생각은 정확했지만, 자세한 것은 그가 말하기 전까지는 그저 추측일 뿐이다.

“일단 안으로 들어와.”

"가기 싫어."

"무슨 소리를 하고 있는 거야, 넌?"

"이제 헌터 따위 지긋지긋해."

"왜 그런 말을 하는 건지 이해하지 못하겠네. 들어와. 일단 진료부터 보자."

유라가 강제로 그를 끌고 전초기지 내부로 들어갔다.

저항할 수 있었지만, 재현은 멍한 표정으로 그녀의 손에 이끌려 들어갔다. 아영은 그 뒤를 따라갔다.

그곳에 있던 진료소에 그를 억지로 앉혀 두자, 의사가 그를 진료하기 시작했다. 그의 몸에 뒤덮인 피를 닦아 내고, 몸 곳곳을 살폈으나 특별한 점은 발견할 수 없었다.

"딱히 외상은 없네요. 피도 몬스터의 피 같고요."

약은 필요 없을 것 같으나 만일에 대비해 상비약을 그에게 건네주었다.

재현이 그것을 그저 멍하니 바라보자, 답답하다는 듯 유라가 건네받아 그의 주머니에 쑤셔 넣었다.

"이 녀석 완전히 넋이 나갔네. 잠도 제대로 안 잔 것 같고."

그의 퀭한 눈은 며칠째 제대로 잔 눈이 아니었다. 처음 전투에 나선 수습 헌터나 초급 헌터들이 자주 겪는 현상이다.

그것을 재현이 겪고 있었다. 이것은 정신적인 문제였다. 외상이 없으면 일단 녀석이 정신을 차릴 때까지 가만히 놔두는 게 상책이다.

딱 봐도 본인 스스로 무리하고 있는 것 같다. 이대로 몬스터 소탕에 투입시키면 최고의 짐 덩어리가 될 것이다. 지금은 차라리 그가 없는 게 나을 것이다.

"의사 선생님. 이 녀석 여기서 눈 좀 붙여도 되죠?"

"네. 자리는 아직 많이 있습니다."

"혹시 무슨 일이 벌어질 수 있으니까 이상한 소리가 들리면 와서 말려 주세요."

의사도 그의 상태가 이상하다는 것을 느끼던 참이었다. 넋이 나간 헌터들만큼 위험한 존재는 없다.

헌터들이 제정신이 아닌 상태로 폭주하면 무섭다. 의사들이 능력 억제 수갑을 가지고 다니는 것도 다 그 이유였다.

"예, 혹시 모르니 다른 의사와 교대할 때 인수인계해 두겠습니다."

의사의 허락이 떨어지고 유라가 그를 부축했다. 그녀의 힘만으로는 부족했기에, 아영도 그녀를 도왔다.

"이거 놔…… 나갈 거야. 한 녀석이라도 더 잡을 거야."

마치 무언가에 홀린 듯 말하는 재현. 다행히 힘도 거의

다 썼는지 누군가를 떼어 낼 힘도 없는 것 같았다.

"그 상태로 가면 죽을 수 있어요, 재현 오빠."

"그래. 차라리 싸우다가 죽을래."

이 말을 들은 유라가 기가 막힌 표정으로 그를 바라보았다.

"이 녀석 생각보다 상태가 심각하네."

유라는 진지하게 자신이 가지고 있는 능력 억제 수갑을 채울까 생각했다. 능력의 폭주보다 남몰래 나가는 것을 못하게 막는 게 시급해 보였기 때문이다.

'그래도 당장은 문제를 일으킬 것 같지 않지만.'

문제를 일으키고 싶어도 지금 재현의 상태로는 절대 무리다. 일단 그가 깨어나서가 문제가 될 것이다. 그를 간이침대로 데려와 눕히자, 재현이 곧 조용한 숨소리를 내며 곯아떨어졌다.

"이 녀석. 엄청 무리했나 보네. 도대체 얼마나 이러고 다닌 건지…… 좀비도 아니고 말이야."

딱 봐도 엄청나게 많은 몬스터를 잡았으리라 생각이 들었다. 그러다가 문득 아영의 시선이 그의 옷 주머니에 향했다.

그의 주머니에는 무엇인가가 잔뜩 들어 있었다. 하나를 꺼내 확인해 보았다. 그녀가 꺼낸 것은 수정체였다.

혹시나 싶어 주머니에서 더 꺼내 보니…… 엄청나게 많은 수정체들이 쏟아져 나왔다.

"뭐야, 이거……."

"전부 수정체예요, 언니."

"나도 보면 알아. 설마 혼자서 이만큼 잡고 다닌 건가?"

유라가 기겁하며 곯아떨어진 그를 바라보았다.

일반 수정체도 아니고 그의 주머니에 들어 있는 수정체들은 하나같이 질이 좋은 수정체들이었다.

최소 C급 이상의 몬스터들만 잡았을 것이라 추측할 수 있었다.

오히려 이 상태로 아무 상처도 없이 살아 있다는 게 더 신기할 정도였다. 반대쪽 주머니에는 또 다른 무언가가 있었다. 이번에 나온 것은 군번줄이었다.

"뭐야, 이 군번줄은?"

"오다가 군인들을 마주친 걸까요?"

유라나 아영은 그가 무슨 일을 겪었는지 알 수 없었지만, 분명 작은 일은 아니었을 것이라 짐작했다.

* * *

그렇게 얼마나 잠에 빠졌을까. 긴 시간을 잔 것 같은데,

눈을 떠 보니 그의 앞에 낯익은 여인이 그를 바라보고 있었다.

"오빠, 일어났어?"

윤정이었다. 재현이 그녀를 보고 주위를 둘러보았다. 천막으로 만들어진 간이 진료소. 헌터와 군인들의 치료를 위해 만들어진 곳이다.

정신없이 몬스터를 찾아 배회하다가 이곳까지 도착해 유라와 아영의 부축을 받고 끌려온 것까지 기억이 났다.

그러나 자신이 왜 이곳에 누워 있는 건지 전혀 이해가 가지 않았다.

"윤정이 네가 여긴 어떻게……?"

"여기로 파견 배치를 받았거든. 애초에 서울이 이 지경이라서 야전에 있어야 하지만."

참으로 기이한 만남이 아닐 수 없었다. 이 사태가 끝날 때까지 못 만날 거라 생각했는데, 자신이 배치받은 곳에 재현이 누워 있을 줄이야.

다행히 아무런 상처가 없는 걸 보니 단순 과로로 인해 누워 있는 것 같았다.

"연락이 없어서 걱정했어. 혹시 잘못되지 않았나 걱정했잖아. 왜 연락이 없던 거야?"

"……."

재현은 아무 말도 못 했다. 휴대폰은 이미 진작에 자신의 손으로 부쉈다. 누군가와 연락하고 싶지도 않았다. 그저 혼자 있고 싶었다. 지금도 마찬가지지만, 윤정을 보니 걱정을 끼친 게 아닌가 싶었다.

"라디오로 소식을 들었어. 50대의 여자 마스터 헌터가 전사했다고. 그거 오빠의 스승님이지? 전사하신 거 맞지?"

"……."

재현은 입을 꾹 닫으며 대답하지 않았다. 침묵은 곧 긍정이라고 했던가. 윤정은 그가 긍정하고 있다는 것을 알 수 있었다. 그녀가 말없이 그를 꼭 끌어안았다.

재현이 그녀의 품에서 흐느꼈다.

"구하지 못했어. 반대로 내가 구해졌어. 나 때문이야. 나 때문에…… 죽은 거야."

"오빠 탓이 아니야."

재현의 눈에서 쉴 새 없이 눈물이 흘러내렸다. 그의 뜨거운 눈물이 윤정의 하얀 가운을 적셨다. 아영과 유라는 아무 말도 하지 못하고 그 모습을 바라보았다.

"이제 누군가를 지키고, 구할 자신이 없어. 능력이 없는 이들까지 구하지 못했어. 더 이상…… 이런 일을 겪고 싶지 않아."

"오빠……."

윤정도 그가 이렇게 절망하는 모습은 처음 보았다. 자세한 상황은 모르지만…… 현주의 죽음과 또 다른 죽음을 바로 눈앞에서 목격한 것 같았다.

그녀의 팔에 힘이 더해졌다. 그 어떤 때보다 그를 꽉 끌어안았다. 자신이 해 줄 수 있는 게 안아 주는 것밖에 없었다.

현주가 죽은 것을 전부 자신의 탓으로 돌리고 있는 그를 위해 해 줄 수 있는 건 이렇게라도 의지할 수 있게 옆에 있어 주는 것뿐이다.

아영과 유라가 할 수 있는 것은 자리를 조용히 피해 주는 것뿐이었다.

*　*　*

몸을 다시 회복한 재현. 그는 자리를 털고 일어나기 무섭게 유라를 찾았다.

"이제 정신이 좀 들어?"

"그래. 이제 뭘 해야 할지 알겠어."

재현이 손목에 차고 있던 시계, 킵보이를 풀었다. 그리고 그녀에게 내밀었다.

"……이걸 왜 나한테 주는 거야?"

킵보이를 교관에게 건넨다는 것이 무슨 의미인지 모르고 하는 것은 아닐 것이다. 재현이 그녀에게 선언한다.

"더 이상 헌터를 하지 않을 거야."

이제 더 이상 싫다. 쓰레기통에 버렸던 킵보이를 마스터 헌터들이 다시 채웠다. 그러나 이제는 당당하게 그녀에게 킵보이를 건네도록 했다.

교관에게 킵보이를 건넨다는 것은 헌터를 더 이상 하지 않겠다는 뜻이니까.

"킵보이 내부에 헌터증도 함께 동봉되어 있어. 가져가서 보고해 줘."

"전시에 심하게 다친 것도 아닌데 도망치기 위해 반납하는 것은 불명예 퇴직으로 처리될 수 있어. 그렇게 되면 사회에서도 불리하게 작용할 수 있어."

헌터에게 불명예 퇴직은 최고의 형벌이라고도 불린다. 헌터가 불명예 퇴직을 당하는 것은 대부분 좋지 않은 일을 벌여서 그런 것이다.

헌터의 본분을 다하지 않고 능력을 범죄에 이용한 이들이 대다수이기 때문이다. 인생에 빨간 줄이 그어지는 것과 마찬가지.

당연히 취업에도 상당한 어려움이 따를 수밖에 없었다.

그러나 그는 그런 것에 전혀 개의치 않아 보였다.

"불명예 퇴직이든 뭐든 상관없어. 헌터로 있기 싫을 뿐이야. 명령을 받는 것도 내 성격에 맞지 않아. 이제 내 뜻대로 할 거야. 더 이상 헌관위에서 내리는 엿 같은 명령도 안 들을 수 있으니까."

그의 분노는 몬스터만이 아니라 헌관위에도 향해 있었다. 헌관위의 무능에 진절머리가 났다.

이런 상황에서 헌관위의 말을 듣다가는 목숨이 남아나질 않을 것 같다고 생각하는 헌터도 상당수 되었다.

재현도 그중 하나였으며 또한 실망감도 컸다.

"그러면 넌 더 많은 걸 잃을 수 있어."

"헌터가 돼서 잃은 건 사람이고, 얻은 건 좌절뿐이야."

"일반인이 되면 이곳에 출입할 수 없어."

"민간 헌터가 있잖아? 일루전 컴퍼니와 어느 정도 친분이 있는데, 거기로 가면 날 흔쾌히 받아 주겠지. 난 헌관위의 명령을 받기 싫을 뿐이야. 일루전 컴퍼니에서 활동해도 충분해. 거긴 유능한 사람들이 많으니까. 걱정하지 마. 헌터를 때려치운다 하더라도 몬스터는 잡을 거야. 하나도 남김없이."

헌관위에 대한 실망감이 얼마나 큰지 알게 되는 대목이었다. 유라는 그가 이렇게 된 것에 헌관위도 크게 일조했다는 것을 알 수 있었다.

확실히 대한민국의 상급 헌터들이 5분의 1을 제외하고 모두 전사했다. 그들끼리 일을 진행하려다가 일을 더 크게 키워 버렸고, 이는 곧 국민의 사기 저하와 함께 국력의 약화로 이어졌다.

유라도 솔직히 이 결과에 크게 실망했다. 그러나 재현만큼은 아니었다.

'내가 생각하는 것보다 이 녀석은 헌관위와 더 깊게 연관이 되어 있었던 거겠지.'

윤정과 대화하는 걸 들어서야 알게 된 사실이다. 재현의 스승이 마스터 헌터라는 것을. 이것은 아영도 몰랐던 사실이다.

그녀를 직접 본 적이 있는 아영이지만, 뛰어난 상급 헌터 정도로만 생각했다. 마스터 헌터라고는 상상조차 못 했다.

"애초에 이런 상황에서는 불가능해. 게다가 넌 상급 헌터야. 이제 몇 없는 최고의 전력이라고. 한 명 한 명이 소중한 이때에 그것을 받아 줄 것 같아?"

"난 더 이상 누군가를 구할 수 없어."

"또 그 소리야?"

"이제 더 이상 헌터로 있기 싫어. 그놈의 엿 같은 지침과 원칙 따위 좆도 신경 안 쓸 거야. 내 마음대로 하고 싶으면 할 거야. 마스터 헌터의 얘기는 쥐뿔도 듣지 않고, 결국 이 지경으로까지 키운 그 녀석들이나 지키라고 하지."

재현이 피식 웃었다. 그것은 헌관위를 무시하는 태도였다.

"좋아, 상부에 보고할게. 대신 넌 헌터 재판에 회부될 거야. 이건 엄연히 탈영이나 마찬가지니까. 군대 다녀와서 전시에 탈영하면 어떻게 되는지 잘 알지?"

이것이 유라가 할 수 있는 마지막 협박이었다. 그러나 재현이 오히려 비웃듯 조소를 지었다.

"마음대로 하라고 해. 할 수 있다면 말이지."

그의 주위로 두려우면서 강한 힘이 스멀스멀 피어올랐다. 유라가 그 기운을 느끼고 뒷걸음질을 쳤다.

'방금 그건……?'

무엇인지 모르지만 이를 보고 유라의 입이 다물어지지 않았다.

무엇이라고 구체적으로 설명할 길이 없는 힘. 상급 헌터 심사 때보다도 더 강한 힘에 짓눌린 것이다. 자신과 진심으로 싸웠다고 생각한 적은 없었다.

지금도 마찬가지다. 그는 힘의 일부를 보였을 뿐이다.

그런데 그 힘의 일부가 압도적이다. 누구도 건드려서는

안 될 뭔가를 건드린 것 같았다.

"몬스터는 잡을 거야. 민간인도 최대한 구할 수 있으면 구하겠어. 하지만……."

그 기운이 더욱 강렬해진다.

"헌관위에서 내게 명령하려는 순간 나도 가만히 있지 않겠다는 것만은 확실하게 말해 두겠어."

그것은 재현의 경고였다. 감히 거스를 수 없을 만큼 강한 기운에 자신도 모르게 고개가 끄덕여졌다. 그는 몸을 휙 돌렸다. 그제야 숨이 트인 유라가 거친 숨을 내뱉었다.

'뭐지, 방금 그건?'

살기는 아니다. 그러나 재현에게서 뿜어져 나온 알 수 없는 기운이다.

그러나 한 가지 확실한 건 그의 말대로 건드리면 큰 사달이 날지도 모른다는 것이다. 유라는 그가 건넨 킵보이를 곤란한 표정으로 바라보았다.

* * *

서울 한복판.

재현은 추적추적 내리고 있는 비를 단지 후드로만 보호하며 부서진 아스팔트 위를 걷는다.

파괴된 강남을 넘어 강북으로 이동한 재현. 아직까지 큰 진격을 하지 못한 듯 주위에 헌터들은 보이지 않았다.

상급 헌터들이 간간이 보이기는 했으나, 몬스터에게 포위될까 봐 소탕에 상당히 소극적일 수밖에 없었다.

그러나 재현은 망설이지 않고 혼자서 더 깊숙이 들어갔다. 그리고 곧 몬스터와 마주칠 수 있었다.

"무오오오!"

황소처럼 생긴 몬스터. 머리에는 두 개의 뿔이 자라 있었고, 생김새도 소와 다를 바 없었다. 그러나 녀석은 이족 보행을 하고 있었다. 또한 두 손으로 커다란 도끼를 들고 있다. 미노타우로스. 그것이 몬스터의 정체였다.

킵보이가 없는 지금 어떻게 정보를 알아낼 방법은 없지만, 이름이나 등급은 어느 정도 외워 두었다. 덕분에 미노타우로스에 대해 어느 정도 알고 있었다.

"숨어 있는 녀석들은 마음에 안 들어."

스파앗!

그의 주위로 강력한 전류가 퍼져 나갔다. 그의 전류는 미노타우로스는 물론 비로 젖은 건물 전체에까지 영향을 끼쳤다.

"끼아아악!"

안에서 몬스터들의 소리가 울려 퍼진다.

건물 중 성한 게 하나도 없는 덕분에 새어 든 빗물이 몬스터들에게까지 영향을 준 것이다.

소리를 들어 보니 코볼트 혹은 고블린으로 추정되었다. 역시 영악한 머리를 가진 녀석들답게 초기에 나타난 몬스터임에도 불구하고 아직까지 살아남아 매복하고 있다.

전투력은 그렇게 크지 않지만, 매복할 줄 알기 때문에 가장 까다롭다. 언제 공격이 올 줄 모르기 때문이다.

로브를 입으면 녀석들의 공격을 전부 상쇄할 수 있다. 그러나 노출된 얼굴에 맞게 될 것도 고려해야 했다. 맹독이 아니고 마비 독만 쓴다고 해도 확실히 주의할 필요가 있는 것이다.

"무우우우!"

미노타우로스가 반응했다. 전류로 인해 잠시 움직임이 정지했지만, 목청껏 소리 질렀다. 고막을 뒤흔드는 거친 함성에 재현은 자신도 모르게 인상을 찡그렸다.

"시끄러워, 소 대가리 새끼야!"

재현의 손에서 거대한 불이 뿜어져 나온다. 녀석의 몸을 향해 화염이 작렬한다. 그렇게 있다가 재현은 이질감에 고개를 들었다. 녀석이 불을 뚫고 달려오고 있던 것이다.

"무오오오오!!"

미노타우로스가 도끼를 번쩍 들었다. 그를 향해 힘껏 내리친다. 그러나 허공만 갈랐다. 다크 게이트로 녀석의 공격을 피했다. 바로 녀석의 등 뒤에 나타난 재현. 그가 사철로 검을 만들었다.

푹!

녀석의 등에 검이 꽂혔다. 그러나 하나가 아니었다. 그는 가능한 한 많은 무기를 만들어 녀석의 몸에 꽂은 것이다.

"무오오!!"

녀석의 고통에 찬 괴성이 울려 퍼진다. 녀석이 힘껏 도끼를 휘둘렀다. 재현이 재빨리 등을 뒤로 숙인다.

아슬아슬하게 녀석의 도끼가 그의 머리카락을 베고 지나간다. 바람이 그의 얼굴을 강하게 훑고 지나갔다.

도약했던 재현이 녀석의 어깨에 올라탔다. 떨어뜨리려는 듯 몸을 거칠게 움직인다. 투우를 하는 기분이 이럴까.

재현은 악착같이 버티며 손을 놓았다. 뒤로 크게 날아간 재현. 그러나 재빨리 중심을 잡아 넘어지거나 하는 불상사는 없었다.

다시 도끼를 휘두르기 위해 번쩍 든다. 그리고 재현은 마치 이것을 기다렸다는 듯이 웃었다.

"어스 애로우."

대지에서 흙으로 이루어진 화살이 녀석을 향해 쏟아졌

다. 정확히는 녀석의 오른팔.

도끼를 주로 들고 있던 팔의 힘줄이 끊어지면서 녀석이 손에서 도끼를 놓치고 말았다.

재현이 녀석의 도끼를 탈취했다. 무겁다. 그러나 아주 못 들 정도는 아니다.

후웅!

녀석의 가슴이 쭉 찢어졌다. 뜨거운 피가 재현의 안면에 뿌려진다. 피가 눈을 잠깐 가렸다.

신경 안 쓴다. 녀석이 노렸던 것인지, 우연인지 그때에 맞춰 왼쪽 주먹을 휘두른다. 재현이 도끼날을 일자로 세웠다. 그리고 동시에 녀석의 주먹이 도끼날과 충돌했다.

"무오오오오오!!"

녀석의 왼쪽 주먹마저 전투 불능 상태가 되었다. 그러나 재현에게도 충격이 아주 없는 것은 아니었다.

'어깨가 탈골될 뻔했네.'

이런 무식한 싸움은 하지 말자고 생각하며 그가 도끼를 버리고 녀석에게 매달렸다. 두 팔을 쓸 수 없게 된 녀석은 재현을 어떻게 할 방법이 없었다.

"라이트닝 바디!"

그의 몸에서부터 전류가 퍼져 나간다. 당연하게도 미노타우로스가 최대한의 피해를 입게 되었다.

순간적으로 굉음과 함께 밝은 빛이 여러 번 터져 나왔다. 고작 10초의 시간이지만, 녀석의 움직임이 정지했다. 녀석의 몸에서 연기가 피어올랐다. 구멍이란 구멍에서 녀석의 피가 주륵 흘러내린다. 재현이 손을 놓고 거리를 벌렸다. 녀석이 곧 뒤로 쓰러졌다.

재현은 무심한 눈으로 녀석을 바라보며 검을 만들어 녀석의 심장에서 수정체를 꺼냈다. 녀석의 피가 비로 젖은 아스팔트를 따라 배수로로 흘러 들어갔다. 재현이 멍한 시선으로 주위를 둘러보았다.

녀석의 괴성으로 인해 몬스터들이 모인 것이다. 언뜻 보이는 B급 몬스터만 세 마리. 나머지는 C급과 D급의 몬스터들이다. 총 서른 마리 정도. 그가 한숨을 내쉬며 하늘을 바라보았다.

"날씨 한번 엿 같네."

빗방울은 더욱 거세지고 있었다. 그가 주위를 둘러보다가 지하철로 향하는 역전 출입구를 발견했다. 그가 안으로 들어갔다.

다행히 지하철 내부에는 몬스터들의 수가 적어 충분히 쉴 수 있을 것이다.

* * *

"더는 기다릴 수 없어."

나이아스가 벌떡 일어났다. 시간이 경과할수록 나이아스는 불안해했다. 이대로 계속 이 상태로 가만히 있을 수 없었다.

재현을 만나 보고 싶었다. 아니, 설득하고 싶었다. 가만히 앉아서 기다려 봤자 언제 부를지 모른다. 기다리기만 한다면 이대로 영영 부르지 않을 것만 같았다.

"나도 찬성이야."

썬더라스도 나이아스와 뜻을 같이하겠다는 듯 찬동하며 자리에서 일어난다. 메타리오스와 노에아넨, 셀레아나도 따라서 마찬가지였다.

만날 수 있는 방법이 있다면 만나고 싶다. 재현은 오래도록 그들을 부르지 않았다.

오랫동안 소환을 하지 않아도 정령왕의 증표가 계약을 유지시키고 있지만 위험 단계인 것은 확실하다.

정령왕의 증표가 모든 걸 막아 주지 않는다. 천천히 그 힘이 희미해지는 것이 느껴지고 있었다.

다크니아스는 그들을 말릴 수 없었다. 가만히 있으라고 말하고 싶지만…… 그들이 설득하는 것이 더 좋은 방법이기도 했다.

'하지만 지금 재현이의 상태로는…….'

그것이 불가능할 것이라고 생각했다. 시간은 재현과 정령들의 편이 아니다. 한시라도 바삐 설득해야 할 이유가 있었다.

"그런데 어떻게 재현이를 찾아갈 거야?"

정령들은 계약자가 위험한 상태가 아닌 이상 나타나는 것은 불가능하다. 다크니아스만 예외였다. 그렇다면 다른 방법을 써야 한다는 뜻이다.

나이아스가 정령의 호수의 근방에 있던 정령에게 소리쳤다.

"드리미스!"

꿈의 정령이다. 드리미스가 나이아스에게 시선을 향한다. 나이아스가 드리미스의 손을 붙잡았다.

"부탁이 있어."

그가 자신들을 소환을 하지 않으면 꿈에서 만나면 그만이다.

* * *

아침부터 해가 질 때까지 재현은 사냥을 한 후, 전진기지로 돌아왔다. 전진기지로 돌아오자 윤정이 안도의 한숨을 내쉬며 그에게 다가왔다.

"오빠, 어디 갔다 온 거야?"

"……잠시 밖에 갔다 왔어."

"당분간 쉬어. 무리하지 말고. 감기 걸리겠다."

윤정이 안쓰러운 듯 그를 바라보며 수건을 건넨다. 그의 옷은 진흙투성이가 다 되어 있었다. 그가 내부로 들어와 수분을 모아 몸에 부어 깔끔하게 씻고 나서 수건으로 대충 몸을 닦아 냈다.

간이침대에 털썩 주저앉는 재현. 상당히 지친 얼굴의 그에게 무슨 말을 꺼내야 될지 모르겠다는 듯 윤정이 그의 앞에서 망설이고 있다. 재현이 그녀에게 억지로 미소를 보여 주었다.

"생각할 게 많아서 그런 거야. 금방 털고 일어날게."

"……알았어."

윤정이 믿겠다는 듯 고개를 끄덕인다. 잠시 주저앉았을 뿐이라고 그녀는 생각한다. 자신이 아는 재현이라면 곧 다시 일어날 것이라 믿어 의심치 않았다.

혼자 있게 해 주려는 듯, 윤정이 자리를 피해 주었다. 재현이 간이침대에 몸을 눕히며 천천히 눈을 감았다.

방금 전까지는 몰랐던 졸음이 쏟아졌다.

# Chapter 03
# 일어서다

재현이 눈을 뜨고 나서 이상을 감지했다. 주변이 이상하다. 아무것도 없는 황야에 그가 떡하니 남아 있다.

주위를 둘러보았지만 누구도 보이지 않았다. 전진기지의 의무실 간이침대에 잠을 청했는데, 황야에 누워 있는 것이 이상했던 것이다.

"재현아."

자신을 부르는 소리. 재현의 시선이 뒤로 향하자, 그곳에는 그의 정령들이 모여 있는 것을 볼 수 있었다.

재현은 이게 무슨 상황인지 모르겠다는 표정이다. 분명 소환한 적이 없다. 그런데 그의 눈앞에 자신의 정령들이 그의 앞에 모여 있었다.

"모두들?"

"미안해, 재현아."

다들 침묵하고 조심스럽게 눈치를 보고 있는데, 나이아스가 그에게 먼저 말을 걸었다. 재현이 대답했다.

"뭐가?"

"꿈의 정령에게 부탁해서 찾아왔어."

이제야 자신의 정령들이 왜 눈앞에 있는지 알 것 같았다. 말 그대로 지금 자신은 꿈속에 있다는 것이다.

그러고 보니 나이아스가 운디네였을 때 자신을 찾아왔을 때도 꿈으로 나타나지 않았던가. 꿈의 정령과 친하다는 것을 그간 잊고 있었다.

"왜 하필 이런 공간을 만들어 낸 거야? 좀 더 발랄한 분위기의 풍경으로 바꾸지 그랬어."

이런 아무것도 없는 볼품없는 풍경을 보니 뭐라고 할까…… 공허하다는 표현이 알맞을 것이다.

"지금 이 풍경은 너의 마음을 나타내고 있는 거야."

이 아무것도 없는 황야가 지금 자신의 마음이라는 소리인가. 재현이 피식 웃었다. 확실히 목적의식도 잃고, 모든 것을 잃은 느낌이다.

현재 자신의 마음을 잘 나타내는 것 같았다. 지금은 친숙함마저 들고 있었다.

"이제 그만해."

"뭘?"

"언제까지 그렇게 주저앉아 있을 거야?"

스스로도 지금 정체되어 주저앉아 있다는 것을 잘 알고 있다.

"그게 어때서? 가만히 놔둬. 내 마음대로 하면서 쉬고 싶을 뿐이니까."

"아냐. 넌 쉬고 있는 게 아냐. 너는 그냥…… 계속해서 자신을 학대하고 있어."

"……."

재현은 그 말에 바로 대답하지 못했다. 그들이 보기에 자신은 그렇게 보였나 보다.

확실히 짚이는 감이 없잖아 있었다. 그렇다 해도 뭐 어쨌냐는 표정이었다.

"내 몸을 내 마음대로 하겠다는데 왜 말리는 거야?"

"말리는 게 당연하잖아! 친구가 눈앞에서 잘못된 길을 걷는데 말리지 않는 건 이상하잖아!"

나이아스는 거의 울듯한 얼굴로 그에게 소리치고 있었다. 다들 나이아스와 같은 의견인 듯 눈가에 눈물이 그렁그렁 맺혔다.

"친구…… 그래, 우리는 친구지. 감정까지 공유하고 있어 숨길 수 없는 친구. 그런데 말이야. 내 마음을 더 잘 아는 친구라면 때로는 나서야 될 때와 위로해야 할 때를 구분해야 하는 거 아냐? 당장 내 눈앞에서 사라져. 지금은 너희를 보고 싶지 않으니까."

또다시 재현이 정령들을 거부한다.

"난 사실 내가 가진 이 힘이 원망스러워. 예전에 너희는 물론이고 스승님도 말한 거지만…… 난 정말 정령에 대한 재능이 있어."

재현이 이를 아득 물며 주먹을 움켜쥐었다.

"그런데 힘이 있다는 이유 하나만으로 이런 엿 같은 상황을 왜 최전선에서 겪어야 하는 거야?"

그의 주먹에 더욱 힘이 실리며 부르르 떨린다. 그의 얼굴은 분노로 가득했다.

"지금은 내가 이 힘을 얻은 것이 원망스러워. 돈? 과거로 돌아갈 수 있다면 전 재산을 잃는다 해도 반납할 거야. 이런 힘으로 번 엿 같은 돈 따위 필요 없어. 명예? 명예는 무슨 얼어 죽을 명예야. 죽으면 다 쓸모없을 뿐이야. 힘? 약자를 지켜 주는 건 헌터야. 그런데 그것도 알아주지도 않고 우릴 소모품으로 아는 사람들에게까지 이 힘을 사용하고 싶지 않아."

헌터에 대한 회의감은 이미 극에 달했다. 상당히 심각한 수준임을 알 수 있었다.

"헌터는 그냥 인형이야. 단편적인 것만 볼 줄 아는 사람들에게 쇼하는 것으로만 보이겠지. 우리가 어떤 고생을 하는지도 모르고 말이야. 헌관위도 마찬가지야. 헌터를 이용해 마치 자기들이 전부 다 한 것처럼 떠들어대지. 조금이라도 잘못되면 헌터들 책임으로 돌리거나 잠잠해질 때까지 아무 말도 하지 않지. 우린 그냥 윗대가리들에게 놀아나는 꼴밖에 안 돼."

그의 마음은 이미 되돌릴 수 없을 만큼 삐뚤어져 있었다.

상상 이상으로 그는 어둠에 빠져 있던 것이다. 이미 인간에 대한 불신이 그 누구보다 깊게 자리하고 있었다.

"그리고 내가 보기에도 너희들은 날 인형으로 보고 있어. 안 그래?"

다른 이도 아니고 정령들까지 의심하고 있는 것이다. 도대체 어쩌다가 이 지경까지 오게 된 것일까. 나이아스가 결국 참았던 눈물을 흘리며 그의 뺨을 힘껏 때렸다.

"……."

당연한 얘기지만 꿈속이라서 아프지는 않았다. 그러나 꿈속이라고 해도 자신을 때렸다는 것은 그만큼 화가 났다는 의미일 것이다.

"바보! 그래, 네 마음대로 해!!"

나이아스의 형체가 사라진다. 다른 정령들이 눈치를 보더니 이내 나이아스를 따라 사라져 갔다. 황야에 덩그러니 남게 된 재현. 그러나 다크니아스는 그의 곁에 남아 있었다.

"할 말 있어?"

들어는 주겠다는 듯 가만히 다크니아스를 응시한다.

"정말 우리와 계약을 끊으려고 하는 거야? 지금 위험한 단계인 거 알고 있어? 정령왕의 증표 덕분에 오래 유지되는 거지, 이미 넌……."

"몰라, 그런 거. 알 바 아냐."

계약이 끊어지든 말든. 이미 그는 자포자기 상태였다. 이렇게 절망하게 될 줄 알았다면 돈을 많이 번다고 해도 헌터가 되지 않았을 것이다.

"그래? 그렇다면 정말 실망이야."

"마음껏 실망해. 이제 알았으면 당장 내 꿈속에서 사라져."

"그래, 네 마음대로 해. 내 첫 계약자가 이렇게 마음이 유리 같은 줄 몰랐어."

"흥."

내 알 바 아니라는 듯 손을 젓자, 다크니아스의 형체도 사라진다. 그리고 곧 재현이 눈을 뜨게 되었다. 꿈에서 깨어나자 다시 천막이 보였다. 그가 몸을 일으키며 주위를 둘러보다가 다리를 웅크렸다.

이곳에는 또다시 혼자다.

오히려 지금 이 상황이 좋았다. 조용하고, 아늑하고. 차라리 이대로 시간이 멈춰 버렸으면 좋겠다는 생각이 들었다.

부정적인 사념이 계속해서 축적되고 있는 것도 모른 채. 그렇게 또다시 한없이 시간이 흘렀다.

[언제까지 그럴 거야?]

언제까지 이럴까? 모른다. 그냥 영원히 이렇게 있고 싶었다.

[고개를 들어 봐.]

귀찮다. 그냥 이대로 있고 싶다. 누구에게도 간섭받기도, 조종당하기도 싫었다. 모든 게 다 지겹고, 지쳤다.

[지금 내 말 무시하고 있는 거야?]

재현은 정신을 차렸다. 머릿속에 울려 퍼지고 있는 환청이라고 생각했는데, 아니었다. 이것은 귀로 들리는 소리였다.

고개를 들어 보니 연두색 불빛이 눈앞에서 아른거렸다.

"……뭐야. 정령이야?"

바람이 솔솔 불어와 계속 그의 머리를 흔들었다. 재현이 귀찮다는 듯 관심도 주지 않았지만, 바람은 계속되었다.

이쯤 되니 뭔가 이상하다는 걸 느낀 재현. 천막으로 전부 막았으며 바람이 들어올 공간조차 없다.

"……바람의 정령이냐?"

왜 이럴 때 정령이 다가온다는 말인가. 평소 정령이 다가왔으면 재현도 반가워했겠지만, 지금은 반갑지 않았다. 정령이 오히려 귀찮은 존재로 느껴질 정도였다.

"관심 갖지 마. 계약할 마음 없으니까 꺼져."

그러자 바람이 강하게 불어와 그의 관자놀이를 세게 때렸다. 얼얼한 머리를 만지며 그가 멍한 표정을 지었다. 정령이 자신을 때렸다?

"이게 죽으려고……!"

재현이 자리에서 벌떡 일어나 손에 정령력을 씌웠다. 바람의 친화력이 적은 덕분에 빛 덩어리 형태로밖에 보이지 않는다.

그래도 주먹에 정령력만 불어 넣으면 충분히 잡을 수 있었다.

흠씬 두들겨서 정령계로 돌려보낼 생각을 하고 있던 재

현. 그때 그의 귀로 소리가 닿았다.

[재현아. 언제까지 그렇게 있을 거야?]

바람이 불어오며 소리를 만들어 냈다. 재현의 손이 우뚝 멈췄다. 천천히 주먹에 힘을 빼고 연두색 빛 덩어리의 정령을 노려보았다.

"너 누구야?"

[바람의 정령이야.]

"그런 건 알고 있어. 지금 장난칠 기분 아니니까 말해. 단순한 오지랖을 부릴 거면 나한테 하지 말고 다른 사람한테 가서 부려."

[실라이론이야. 네 스승의 정령.]

현주의 실라이론이었다. 재현의 주먹에 힘이 풀리고, 곧 손을 내렸다.

"무슨 일로 왔어? 날 원망하려고 온 거야?"

그래, 차라리 이게 나을지도 모른다는 생각이 들었다. 실라이론은 충분히 그를 원망할 자격이 있다.

비난이라면 들을 것이다. 욕을 해도 받아들일 것이다. 차라리 그게 속 시원할 것 같았다.

자신의 계약자를 구하지도 못했으니까. 또한 자신 때문에 죽은 것이나 다름이 없으니까. 실라이론은 그를 원망할 자격이 있다.

재현은 실라이론에게 원망을 들어도 할 말이 없었다. 차라리 욕을 해 주기를 원했다. 그러나 실라이론은 고개를 저었다.

[아니. 원망하지 않아. 오히려 감사하고 있는걸. 너는 이미 현주를 구한 것이나 다름없어.]

역시 정령이라서 그런 걸까. 원망하거나, 비난은 절대 하지 않았다. 재현은 씁쓸한 표정으로 고개를 저었다.

"어설픈 위로의 말은 하지 마."

[상당히 지쳐 보여.]

"다들 그 말을 하더라고. 그렇게 보인다면 그런 거겠지."

그게 뭐 어쨌냐는 반응이다. 그렇다고 해도 지금까지의 행동과 전혀 다를 바가 없었다.

[한번 절망에 빠지면 쉽게 떨쳐 내지 못하는 타입이야?]

재현이 피식 웃었다.

절망이라…… 그러고 보니 살면서 이토록 깊은 절망에 빠져 본 적이 있었던가?

없었던 것 같다는 생각을 하다가, 자신이 청소년기에 방황했을 때가 생각났다. 그때도 지금처럼 자포자기의 심정이었던 것으로 기억한다.

"아마도."

[알고 봤더니 상당히 예민한 성격이었네. 현주의 말을

빌리자면…… 까다로운 성격이라고 해야 하나?]

재현이 피식 웃었다.

"이런 것에 요령이 없을 뿐이야. 스승님이라면 같은 상황이라도 요령이 있을 테니 분명 해냈겠지."

[요령이 없다 해도 괜찮잖아. 넌 현주가 아니니까. 그리고 현주도 완벽한 사람은 아니야.]

"사람인 이상 완벽하지는 않겠지. 그래도 할 수 있던 일을 못 한 것이나 다름이 없어."

[넌 충분히 최선을 다했어. 현주도 그걸 알고 있을 거야. 분명히 그럴 거야. 난 확신하고 있어.]

"난 위로받을 자격 없어. 스승님은 죽었어. 내가 죽인 거나 다름이 없는 거야."

스스로에게 죄를 돌리는 재현. 실라이론이 그것을 부정했다.

[아니, 위로받을 자격이 없는 사람은 절대로 없어. 그리고 현주는 네가 오지 않았어도 죽었을 거야. 네가 나타나서 도중에 말리지 않았더라면 어둠에 먹혀 자멸했을 거야. 용도 못 죽이고 말이지.]

당시 현주는 이길 수 있다고 생각했지만, 실라이론이 보기에는 전혀 그렇지 않았다.

오히려 그대로 용과 부딪쳤으면 돌이킬 수 없는 상황을

만들었을 것이다. 결과적으로 죽는 것은 변함이 없지만, 그래도 그녀 본연의 모습으로 되돌려준 그에게 감사하고 있었다.

[오히려 마지막까지 현주답게 있게 해 준 것에 난 감사하고 있어. 네가 오지 않았더라면…… 현주는 본인의 의식이 아닌 상태로 죽음을 맞이했을 거야.]

"하지만 나는 구하지 못했어. 오히려 또 구해졌어. 그리고 그 때문에……."

죽었어, 라는 말이 입에서 나오지 않았다. 또다시 자신에 대한 원망이 고개를 들었다.

[현주는 널 원망하지 않아. 오히려 다행이라고 마지막에 내게 텔레파시를 보냈어.]

"스승님이?"

[현주의 전언이야.]

그리고 어떻게 한 것인지 바람을 조종해서 현주의 목소리를 그에게 들려주었다.

-못 미더운 스승을 위해 나서 준 것에 감사합니다. 그리고 다음을 부탁합니다, 제자님.

"……."

재현의 입이 꾹 다물어졌다.

[자격이 있고 없고의 문제가 아냐. 중요한 건 본인의 의지일 뿐이야.]

실라이론이 재현에게 현실적인 말을 해 준다.

[네가 그렇게 생각한다면 자책해도 좋아. 원망이라면 마음껏 해도 돼. 자신의 과오가 무엇인지 알고 있다는 뜻이니까. 하지만 스스로를 가두지 마.]

"……."

말하려고 입을 열었지만 어째서인지 말이 안 나온다. 가슴이 미어졌다. 실라이론의 말은 그에게 더욱 파고든다.

[그 순간 너는 정말 씻을 수 없는 죄를 짓게 되는 거니까.]

그 말은 재현의 마음을 가장 깊게 찌르고 들어왔다. 아프다. 살을 베어 내듯 아프다. 그러나 그는 실라이론의 말을 경청했다.

[지금 당장 일어나라고는 하지 않을 게. 하지만 언제까지 그렇게 있을 수 없는 것도 사실이야. 생각이 정리되면 다시 일어서도 늦지 않아.]

"이미 잘못 들어갔어. 더는 돌이킬 수 없어."

[현주도 너와 비슷한 상황이 있었어. 어떻게 보면 너와

현주는 닮은 구석이 있는지도 몰라. 그렇기에 난 당당히 말할 수 있어. 아마 현주가 있다면 나처럼 말했을 거야.]

실라이론의 말이 잠시 끊긴다. 재현이 연두색의 빛을 바라본다. 어째서인지 실라이론의 형체가 그의 눈앞에 나타나 미소를 짓고 있는 착각이 들었다.

[넌 잘못되지 않았어.]

실라이론의 말은 거기서 끝이었다.

정면을 바라보니 실라이론의 형체는 이미 사라지고 없었다.

그는 방금 전 실라이론이 있던 자리를 멍하니 바라보았다. 그리고 온몸에 힘이 풀렸다.

잘못되지 않았다.

지금까지 들은 그 어떤 말보다 그 말이 그의 마음을 더욱 아프게 했다. 또한 그를 지탱해 주는 기둥처럼 되었다. 무너져 가던 그의 마음이 다시 차곡차곡 쌓인다.

그가 모르는 사이에 끊어졌던 감정의 공유가 다시 연결되었다.

그 슬픔은 정령계에 있는 정령들에게 전달되고 있는 것도 모른 채, 재현은 어린아이처럼 엉엉 울었다.

* * *

웨에에에엥—!

사이렌이 요란스럽게 울려 퍼진다. 잠에서 깨기 무섭게 사이렌 소리가 울리자 다들 벌떡 일어나며 분주히 움직인다.

"몬스터다! 몬스터가 다시 움직이고 있다!"

강북에서 가만히 있던 몬스터들이 다시 움직이기 시작한 것이다. 멀리서도 몬스터들이 다가오고 있다는 것을 알 수 있었다.

한강 너머에 있는 몬스터들이 몰려오는 소리가 들린다.

소리를 지르면서 다가오고 있으니 모를 수가 없었다. 한강을 건너오면 전진기지가 가장 먼저 타격을 받게 된다.

일부의 몬스터들은 이미 한강을 도하한 상태로 물밀 듯 밀려오고 있었다. 후퇴하기에는 너무도 늦은 상황.

"환자들을 대피시키세요!"

윤정이 소리를 지르며 환자들을 다급히 앰뷸런스에 태웠다.

다행히 전진기지에는 강북으로 나갔다가 부상당한 헌터들만 있었다. 숫자는 얼마 되지 않았고, 거동이 가능한 자들이 대다수다.

두두두두두—

그때 땅이 거세게 흔들렸다. 이것이 무엇인지 직감적으로 깨달은 헌터들이 입을 꾹 다물었다.

"키아아아아!"

아스팔트를 뚫고 나온 땅굴 수송 벌레. 전진기지 한가운데 나타난 땅굴 수송 벌레를 향해 헌터들이 공격을 가하기 시작했다.

"몬스터들이 튀어나오기 전에 얼른 잡아!!"

몬스터들이 녀석을 통해 나오게 되면 큰 피해가 예상되는 만큼 헌터들이 땅굴 수송 벌레를 노렸다.

땅굴 수송 벌레는 맷집이 그렇게 강한 편이 아니었다. 몇 번의 공격으로 녀석이 피를 쏟아 내며 쓰러진다.

그러나 땅굴 수송 벌레는 한 마리가 아니었다. 연달아 일정한 거리를 유지하며 동시다발적으로 튀어나온 것이다.

"오빠!!"

땅굴 수송 벌레 중 하나가 재현이 있는 의무실의 천막을 뚫고 튀어나왔다. 윤정이 소리쳤지만, 땅굴 수송 벌레는 아가리를 크게 벌린 채 나왔을 뿐이다.

운이 없으면 저 안으로 재현이 들어갔을 가능성도 생각해 둬야 했다.

"오빠!!"

대답이 없자 윤정이 땅굴 수송 벌레를 향해 뛰어간다. 아영이 이를 목격하고 다급히 그녀를 제지했다.

"언니, 위험해!"

"오빠가, 오빠가 저기에 있단 말이야!"

재현이 몬스터에게 당했을 것이라 확신하는 윤정이 그를 구출하려고 뛰어가려 했지만, 아영은 계속해서 그녀를 붙잡을 뿐이다.

재현이 허무하게 당했다 하더라도 어떻게 구할 방법이 없다.

몬스터에게 당한 이상 시체를 건지는 건 거의 불가능에 가깝다. 아영이 기절이라도 시켜서 데리고 가려고 할 때였다.

콰아아앙!

갑작스러운 거대한 폭발음. 그리고 그 후 후폭풍이 몰아쳤다. 단단히 땅에 박혀 있던 천막이 뒤집어지거나 날아간다. 동시에 땅굴 수송 벌레의 몸이 산산이 흩어졌다.

갑자기 몰아친 돌풍은 전진기지 내부를 습격한 몬스터들에게도 영향을 주었다.

신기하게도 사람들에게는 일절 피해도 없었다. 다들 이게 무슨 상황인지 다들 인지하지 못할 때였다.

"하, 하늘에 사람이 떠 있다!"

누군가가 하늘을 손가락으로 가리키며 소리쳤다. 모든 이들의 시선이 하늘로 향했다. 그곳에는 계단을 밟고 있는 것처럼 내려오는 남성을 볼 수 있었다.

그 남성이 지면에 안전히 안착하고 주위를 둘러보았다.

"이런. 너무 과했나. 천막까지 날리거나 찢을 생각은 없었는데."

재현이었다. 그는 멋쩍은 표정으로 머리를 긁적였다. 그래도 사람이 다치지 않게 하기 위해 어떻게든 조절했기에 이 정도로 끝났다. 그러나 그의 몸은 땅굴 수송 벌레의 피로 인해 더럽혀졌다.

"오빠!"

윤정이 그의 품속으로 돌진했다. 재현은 미처 피할 틈도 없이 중심을 잃고 엉덩방아를 찧었다. 엉덩이가 살짝 아프기는 하지만, 재현은 윤정을 걱정했다.

"너 피 묻었어."

"고작 피 묻은 게 중요해? 오빠가 잘못된 줄 알고 걱정했잖아!"

"미안."

딱히 걱정시킬 생각은 없었다. 의도한 것도 아니고, 몬스터가 자신이 있던 막사에서 튀어나왔으니 어쩔 수 없었다.

다행히 그가 구석진 곳에 있었던 덕분에 녀석에게 먹히거나 하지는 않았지만, 천막과 함께 하늘 위를 날게 된 것이다.

"야, 박재현!"

유라였다. 그녀가 다급히 그를 부르자, 재현은 정면에서 몬스터들이 오고 있는 것을 확인할 수 있었다.

기동성이 빠른 몬스터들로 이루어져 있다. 그중 B급 몬스터도 일부 섞여 있었다. 헌터들이 있다고는 하나, 상급 헌터는 이곳에 재현밖에 없었다. 결국 처리할 수 있는 것은 자신밖에 없었다.

재현이 윤정을 일으키고 나서 손을 휙 저었다. 그 순간 땅이 방금 전과 비교할 수 없을 정도로 흔들리기 시작했다.

"대지가 갈라진다!"

헌터들이 다급히 소리치며 도망치고, 몬스터들이 갈라진 대지 아래로 추락한다. 순식간에 몬스터들의 진격로를 차단해 버렸다. 녀석들이 오려면 우회해서 와야 했다.

"저거 네가 한 거지? 너 진짜 인간이야?"

재현이 오히려 황당한 표정으로 그녀를 바라보았다. 누가 뭐라고 해도 그는 인간이었다.

"그럼 인간이 아니면 무엇으로 보이는데?"

"괴물이 따로 없네."

재현은 그저 어깨를 으쓱일 뿐이다. 남들이 보기에 확실히 그가 괴물처럼 보일 것이다. 땅을 가를 정도로 엄청난 힘을 쏟아 내다니. 누구도 함부로 할 수 없는 일이었다.

"어쨌든 몬스터들이 다시 진격을 시작하는 모양이지?"

그의 눈빛이 달라졌다는 걸 어렴풋이 알 수 있었다.

어제와 확연히 다른 눈빛. 그는 다시 원래대로 돌아온 것을 알 수 있었다. 유라가 그에게 시선을 고정시키며 물었다.

"그래. 넌 어떻게 할 거야?"

"어떻게 하기는. 당연한 걸 가지고."

팡!

그가 자신의 주먹으로 손바닥을 힘껏 때린다. 두말할 것 없다는 듯, 전의를 다진다. 그녀가 주머니를 뒤적거렸다.

"가져가."

유라가 뭔가를 던졌다. 재현은 그것을 받아 들었다. 그녀가 던진 것은 그의 킵보이었다. 재현은 의아한 표정으로 그녀를 바라보았다.

"이거 가지고 있던 거야?"

"이럴 줄 알고 보관하고 있었어. 고마운 줄 알아. 상부에 보고하지 않아서 이 일을 모르고 있으니까. 재판에 회부될 일도 없을 거야. 걸리면 나도 모가지니까 입조심하고."

재현이 미소를 지었다.

"고마워, 유라야."

"흥! 고마우면 어서 가. 네가 할 일이 있잖아?"

"물론."

"킵보이가 망가져 있던데 일부러 망가뜨린 거지? 일단 내 사비로 수리했으니까 내 계좌로 돈 보내. 헌터증도 같이 망가져서 새로 발급해서 킵보이에 꽂아 뒀으니까 다시 갱신하고. 내가 너 때문에 엄청 고생했으니까 나중에 엎드려 절해!"

"그래, 고마워!"

이렇게 될 줄 알았다는 듯 알아서 일을 처리한 유라. 재현이 정말 감사를 표하며 킵보이를 손목에 찼다.

재현이 살며시 눈을 감고, 잠시 후 번쩍 떴다.

"나이아스, 썬더라스, 메타리오스, 노에아넨, 다크니아스, 셀레아나!"

그의 정령들이 소환된다. 각자 나타나는 방식은 다르나, 반응은 같았다.

"이제 정신을 차린 것 같네."

"그래."

"우리에게 할 말은?"

재현은 정령들에게 고개를 숙였다.

"미안해, 얘들아. 너희들에게 죽을죄를 지었어. 실망이 컸을 거야."

자신이 얼마나 바보 같은 짓을 했는지 알게 되었다. 정령들에게 정말 못 할 짓을 했다. 아마 정령들도 그에게 큰 실망을 했으리라.

이에 대한 변명을 할 생각은 없었다. 피할 생각도 없었다.

정령들은 마음이 상당히 여리다. 마음의 상처를 아마 평생 간직해야 할지도 몰랐다.

"크라아앙!!"

몬스터의 소리가 들려온다. 재현의 시선이 그쪽으로 향한다.

"그런데 지금은 사과할 시간이 없을 것 같아. 잠시만 나중으로 미뤄 두자. 하지만 그만큼 나중에 충분히 사과할게."

"물론."

정령들도 사과를 받는 것은 나중으로 미루기로 결정하

고, 드디어 그의 옆에 선다. 다크니아스가 미소를 지으며 말을 걸었다.

"나한테는 엄청나게 사과해야 할 거야. 나는 그냥 넘어갈 생각이 없거든."

"물론. 만족할 때까지 사과할 생각이야."

서로 켕기는 것 없이 깔끔하게 사과한다. 그것이 재현이다.

"그리고 너희들에게 새로운 친구를 소개시켜 줄게."

"새로운 친구?"

고개를 갸웃거리는 정령들. 재현이 빙긋 웃었다.

"실라이론!"

그의 외침과 함께 실라이론도 소환되었다. 그가 말한 새로운 친구는 현주의 실라이론이었다.

재현은 어제 펑펑 울고 나서 현주의 실라이론과 계약까지 맺은 것이다. 그녀의 실라이론이라면 자신에게 충분히 조언해 줄 것이라고 믿었다.

현주와 재현은 정령 일체화를 할 수 있는 정령사다. 그녀의 실라이론이라면 그녀가 어떻게 전투를 했는지 말해 줄 수 있으니, 도움이 될 것이라고 생각한 것이다.

"언제 계약한 거야?"

감정의 공유가 다시 활성화되었지만 그의 모습은 여전

히 볼 수 없던 정령들. 그 대답은 실라이론이 대신해 주었다.

"어제. 너희들이 꿈에서 사라진 직후에."

정령들은 재현이 정신을 차리게 된 것은 실라이론 덕분이었다는 걸 알 수 있었다. 그와 계약한 정령들이 그의 주위로 모여든다.

"준비됐지?"

정령들의 얼굴에 미소가 그려진다. 재현의 얼굴에도 점차 미소가 번졌다. 말하지 않아도 그 미소로 대답은 충분하다.

화악!

그의 주위로 돌풍이 불기 시작하고, 머리카락이 연두색으로 물들었다. 그가 무릎을 굽혔다.

"가자!"

"응!"

정령들의 힘찬 대답과 함께 등 뒤로 바람이 몰아치며 그의 몸이 대포알처럼 빠르게 날아갔다.

* * *

강을 도하한 몬스터들이 강남을 향해 우르르 몰려온다.

헌터와 군경이 몬스터들을 향해 공격을 가했다. 수많은 몬스터들이 쓰러져 갔지만, 역시 역부족이다. 녀석들은 죽음에 대한 공포 없이 진격할 뿐이다.

몬스터들이 강북에 머물고 있는 동안 충분한 시간이 있던 덕분에 총알이나 포탄이 부족하지 않았다. 또한 전차와 장갑차들도 전진 배치된 상황이라서 충분히 저항할 능력은 있었다. 그러나 문제는 역시 몬스터들의 숫자적 우위였다.

새까맣게 몰려온다는 말이 무엇인지 알 것 같았다. 몬스터들을 아무리 공격하고 쓰러뜨려도 뒤이어 계속 몰려왔다.

총알이나 포탄의 개수보다 많아 보였다. 유리한 위치에서 방어를 하고 있는 덕분에 지금까지 몬스터들이 이렇다 할 공격을 해 오지는 못했지만, 시간문제였다.

"왼쪽이 뚫렸다!"

결국 올 것이 왔다. 군인과 헌터들이 왼쪽으로 화력을 지원했지만, 몬스터들은 그 틈에 더욱 몰려온다. 전차와 장갑차들도 서서히 뒤로 물러나기 시작했다.

전차와 장갑차들이 서서히 뒤로 물러난다는 것은 그만큼 몬스터들이 근접했다는 뜻이다. 완전히 밀리게 되면 그들도 후퇴를 해야 하는 상황이다.

"방어선이 뚫렸다!"

결국 방어선이 뚫리고, 몬스터들이 들어왔다. 몬스터들의 압도적인 크기에 비명을 지르는 가운데, 갑자기 돌풍이 몰아쳤다.

"크라아아!"

"키아아앙!"

몬스터들의 괴성이 울려 퍼진다. 고막이 찢어질 듯 거대한 소리가 지천에 울려 퍼지고, 다들 믿기지 않는 표정으로 이 장면을 바라보았다.

"이게 도대체 무슨……."

이게 무슨 일인지 감을 잡지 못하고 있을 때, 뚫려 있던 방어선 한가운데에 한 남성이 당당하게 서 있는 것을 볼 수 있었다.

그 남성의 주위로 몬스터들이 갈가리 찢겨진 채 쓰러져 있는 것을 볼 수 있었다. 방금 전의 돌풍을 일으킨 사람이 누구인지 깊게 생각하지 않아도 되었다.

"생각보다 엄청난데?"

재현은 미소를 지은 채 자신이 한 일에 감탄했다. 실라이론이 말한 대로 기술을 사용하니 어마어마한 힘을 낼 수 있었다.

그다지 많은 양의 정령력을 사용한 것도 아니다. 최소

한으로 최대한의 피해를 입힌 것이다.

현주는 그것을 오랫동안 연구를 하며 체득했고, 그것이 실라이론을 통해 재현에게 전해졌다.

"아직 안심하기는 일러요. 앞에 몬스터들이 남아 있어요."

노에아넨이 땅속에서 쑥 튀어나오며 경고했다. 노에아넨의 말대로 정면에는 그 돌풍에 살아남은 몬스터들을 볼 수 있었다.

"크워어어!"

하늘을 향해 울부짖는 트롤이 유독 눈에 띈다. 남아 있는 몬스터도 다 B급이었다. 그러나 트롤만큼 멀쩡하지는 않았다.

트롤은 B급의 최강 몬스터인 만큼 맷집도 상당하다. 회복력이 강하고, 때로는 오우거보다 까다로울 수 있다고 평가받는 녀석이다.

녀석의 피가 포션의 주재료인 만큼 회복력은 무시할 수 없다. 바람으로 가죽이 찢어지기는 했으나 상처가 빠르게 아물고 있는 것을 볼 수 있었다.

"다크니아스, 셀레아나. 다크니스 블레이즈."

다크니아스와 셀레아나의 속성이 서로 합쳐진다. 검은색 불꽃이 활활 타오르며 녀석을 향해 날아갔다. 순식간에 몸에 불이 붙은 트롤.

"크워어어?"

녀석이 괴성을 지르다가 몸에 불이 붙자 고통스러운 비명을 지른다.

어지간해서는 뜨거운 것도 잘 모를 텐데, 지옥과도 같은 불이 붙으니 고통이 있던 모양이다.

녀석이 한강으로 뛰어든다. 그 모습이 꽤나 처절해 보였다. 그러나 소용이 없었다. 절대 꺼지지 않는 불이다.

"크워어! 크워어어!!"

제아무리 물속으로 들어갔다고 해도 마찬가지다. 녀석의 몸은 이제 완전히 잿더미가 되거나, 재현을 죽이지 않는 이상 계속 타오른다.

회복력이 뛰어난 만큼 더 오래 버틸 수 있을 것이다. 하지만 그것이 녀석을 더 고통스럽게 만드는 것이기도 했다. 지금쯤 녀석은 자신의 회복력이 원망스러울 것이다.

"나머지는 어떻게 할 거야?"

나이아스가 묻는다.

재현은 다른 몬스터들에게 시선을 향했다. 굳이 자신이 처리하지 않아도 될 것 같았다.

이미 몸 자체가 넝마가 다 된 몬스터들이다. 뒷일은 이곳을 사수하던 헌터와 군인들에게 맡기면 될 것이리라.

"다음!"

재현이 다른 곳을 향해 날아간다. 헌터들과 군인들은 이를 멍하니 바라볼 뿐이다.

# Chapter 04

# 여섯 번째 마스터 헌터

재현은 하루 종일 이곳저곳 빠르게 돌아다니며 몬스터들의 진격을 막는 것에 큰 공헌을 했다.

그러나 사람들은 그를 알아보지 못했다. 후드를 쓴 채 순식간에 해치운 뒤, 다시 다른 곳으로 이동했기 때문이다.

말도 안 되도록 강한 헌터가 몬스터들을 잡고 사라졌다는 소식이 이곳저곳 퍼지면서 이것은 또 다른 이야기를 만들어 냈다.

"마스터 헌터가 한 일이래."

"무슨 소리야. 정부가 철저하게 기밀로 연구하던 약물

을 주입해서, 그 능력을 테스트하기 위해 이번에 투입시킨 거래. 그 옆에 있던 어린 소녀들도 함께 말이지."

"그랜드 헌터가 사실은 살아 있었고, 이번에 다시 모습을 드러낸 것이라는 소리도 있어."

재현의 귀로도 그 소식이 전해졌다. 정체를 모르니 사람들이 이것저것 가능성을 덧붙여 말하는 경우도 있지만, 전부 허구적인 내용뿐. 정작 이것을 듣는 재현은 피식피식 웃을 뿐이다.

[그렇다는데? 재현아, 약물 쓴 적 있어?]

나이아스가 장난으로 텔레파시를 보내오고, 재현이 누워서 휴식을 취하며 대답했다.

'난 저런 말들 신경 안 써.'

[아무도 안 알아주는데도 신경 안 써?]

'알아주는 것도 귀찮아. 헌관위에서 나를 이용할 것 같거든.'

여전히 헌관위에 대한 불신이 남아 있는 만큼, 자신을 알릴 생각이 없었다. 그러나 다시 헌터를 하고 있는 것은 몬스터 소탕을 계속하기 위해서다.

[차라리 유명해져서 헌관위를 향해 비판하는 건 어때?]

'그것도 생각해 봤는데, 오히려 편집해서 내보내거나 아예 안 내보낼 것 같아서 말이야. 생방송이면 또 몰라

도.'

애초에 상급 헌터가 알아주는 등급이라고 하더라도, 그 것만으로는 큰 여파를 불러일으킬 수 없는 것도 사실이다.

마스터 헌터라면 또 모르지만…… 역시 마찬가지다.

마스터 헌터에 대한 모든 개인 정보는 철저하게 숨기기 때문에 인터뷰는 하지 않는 것이 원칙이었다.

비판을 한다고 하더라도 헌관위를 통해 관계자가 나와 말하게 되어 있다. 당연하지만 헌관위에 대고 비판하는 보도를 내보내기도 힘든 것이 사실이다.

'애초에 이미 신용을 잃은 듯하지만.'

최악의 사태에 대비를 하지 않은 것과 최고 전력이라 할 수 있는 상급 헌터들도 다수 잃어 이미 신용은 바닥이 난 상황.

이 사건은 몬스터가 나타난 이래 최악의 작전으로 평가되는 만큼 여전히 뜨거운 감자였다.

시간이 지나도 여전히 그 사건에 대한 해명을 요구하고 있으니 헌관위가 위축되어 있는 것도 사실이다.

"오, 여기 있었군."

그가 쉬면서 정령들과 대화를 나누고 있는데, 누군가가 그를 찾아왔다. 덩치가 크고 키는 2미터 가까이 되는 중년인이다. 그와는 구면이었다.

"어라, 여긴 어쩐 일이세요?"

마스터 헌터 중 한 명인 이정훈이었다. 그의 등장에 재현이 어리둥절한 것이다. 보아하니 자신을 찾아온 것 같았다.

"자네가 하도 보이지 않아서 말이야. 작전 회의가 있다고 공지가 갔을 텐데, 못 본 건가 해서 말이야."

재현이 의아한 듯 그를 바라보았다. 회의가 있다는 말은 전혀 듣지 못했다. 상급 헌터들도 마스터 헌터들과 같이 회의를 하는 건가 싶었다.

애초에 마스터 헌터들과 상급 헌터들이 직접 대면해 작전 회의를 하는 건 보기 드문 일이다.

작전 회의를 한다고 해도 헌관위에서 직접 명령을 전달하고, 마스터 헌터들이 하달하면서 상황에 맡기는 방식이기 때문이다.

"굳이 제가 필요한가요. 나중에 회의가 끝나면 알려 주세요."

"이런 상황에서 마스터 헌터가 한 명이라도 빠지면 되나. 얼른 오게나."

이정훈이 그를 번쩍 들어 안았다. 짐짝 취급을 당하는 기분을 느끼며 그가 발버둥 쳤다.

"잠깐만요. 마스터 헌터라뇨? 그게 무슨 소리세요?"

"반응이 왜 그러나?"

"당연히 이 반응이죠. 제가 무슨 마스터 헌터라는 소리예요."

"무슨 소리이긴. 당연한 소리지 않나. 마스터 헌터를 마스터 헌터라고 하지."

오히려 그렇게 묻는 이유를 모르겠다는 듯 말하는 이정훈. 재현은 고개를 갸웃거리다가 문득 유라가 생각났다.

'잠깐. 그러고 보니 유라가…….'

헌터증을 새로 발급받았고, 갱신하라고 했던가? 그가 킵보이에 꽂혀 있는 헌터증을 꺼냈다. 그는 헌터증의 색깔이 전과 달라졌다는 걸 알 수 있었다.

〈마스터 헌터증〉

헌터 등록 번호: 035-96911477

-위 인물은 대한민국의 '마스터 헌터'로서 몬스터 출현 지역을 출입할 수 있는 권한과 유사시 헌터에 대한 명령권을 부여받았습니다. 군·경관계자는 본 헌터의 요청 시 아낌없는 지원 바랍니다. 본 헌터증은 정부 공인의 헌터 이외의 인물이 사용할 시 엄중한 처벌을 받을 수 있습니다.

햇빛에 반사되어 찬란한 빛을 뿌리고 있는 푸른색의 헌터증.

'미친?!'

자신도 모르는 사이에 마스터 헌터가 되어 있었다.

"표정을 보아하니 전혀 모르고 있었나?"

재현은 얼떨떨한 표정으로 자신의 헌터증을 바라볼 뿐이다.

헌터증에 적힌 이름이나 성별 같은 것도 다 사라지고 헌터 등록 번호와 설명도 일부 바뀌었다. 새로 갱신하라고 한 이유가 있던 것이다.

킵보이는 굳이 새로 갱신하지 않아도 된다.

헌터증만 꽂아 두면 알아서 인식하기 때문이다. 그러나 마스터 헌터증처럼 중대한 것은 새롭게 갱신할 필요가 있는 것이다.

"아니, 잠깐만요. 전 마스터 헌터 심사를 보지 않았는데요?"

"서울은 이미 훈련 건물들도 다 파괴됐고, 몬스터들로 가득 들어찼으니 훈련 프로그램도 가동할 수 없지 않나. 그렇다고 부산으로 가서 심사 보게 하기에는 전력을 후방으로 빼는 것도 그렇고 말이지."

이정훈이 그를 내려놓았다.

"파괴자를 압도적인 힘으로 소탕한 것도 있고, 이번에는 실제로 나타난 오우거까지 잡았다지? 이미 우리들에게 다 알려진 것지만, 오우거가 트라우마였는데 그것을 극복했으니 이제 충분히 자격이 된다는 뜻이겠지."

재현은 그게 무슨 소리냐는 듯 그를 바라보았다. 오우거를 잡았다니? 그는 오늘 오우거를 잡은 기억이 전혀 없었다. 이에 대한 설명은 실라이론이 대신해 주었다.

[오늘 네가 사냥한 몬스터 중 오우거도 섞여 있었다.]

'정말?'

[어쩌다가 바람에 날아가 강물에 빠뜨려서 죽인 거지만.]

그냥 얻어걸렸다는 말이다. 그래도 좋은 게 좋은 거라고, 충분히 오우거까지 날릴 힘이 있다는 뜻이니까 마스터 헌터로 인정하는 모양이었다.

"무엇보다 마스터 헌터를 한 명을 잃어서 사기가 저하된 상태니까……."

"저는 스승님의 땜빵이라는 거군요."

이정훈은 긍정하지 않았지만, 부정하지도 않았다. 아마 맞긴 하지만 대답하기 꺼려지는 거겠지. 이정훈은 머쓱한 표정으로 머리만 긁적일 뿐이다.

"그래서 누가 절 인정한 건데요?"

"헌관위에서."

"……."

재현이 마음에 들지 않는 표정으로 그를 바라보았다. 인정을 해도 하필 헌관위에서 인정하다니.

여전히 헌관위에 대해 좋게 생각하지 않고 있는데, 그곳의 인정을 받아 마스터 헌터가 되니 싫어졌다.

"그곳에서 절 인정하면 피 볼 텐데요."

"뭐, 그런 사정이 있거든. 자세한 얘기는 직접 만나서 하는 게 좋겠지?"

이정훈의 말에 재현이 고개를 끄덕였다.

* * *

회의는 마포 전진기지에서 진행되었다.

마스터 헌터들만 모인 자리. 무거운 침묵이 자리하고 있는 천막 안으로 이정훈과 재현이 들어왔다.

재현의 뒤로 정령들도 우르르 몰려왔다.

"이야, 늦어서 미안."

"드디어 도착했군. 꽤 늦었어."

"찾는 데 시간이 좀 걸려서 말이지. 또 마포대교도 무너져서 우회해서 와야 했으니까."

마포 전진기지는 파괴자에게 파괴된 마포대교 너머에 위치해 있다. 마포대교만 멀쩡히 있었더라면 지금보다 훨씬 빨리 도착했을 것이다.

재현은 회의장에 앉아 있는 마스터 헌터들을 바라보았다. 모두 구면이었다. 전체적으로 말을 많이 섞어 보지 않았지만 아는 얼굴이다.

"현주 씨의 제자가 왔군. 설마 그 제자가 마스터가 될 줄 상상도 못 했을 거야."

"그저 땜빵이지만요."

송우가 피식 웃으며 고개를 저었다.

"땜빵이란 말도 틀린 건 아니지만, 그렇다고 맞다고 볼 수 없지. 일단 마스터 헌터가 되었다는 것은 그만한 자격이 있다는 뜻이니까."

그가 재현에게 손을 내밀었다.

"정식으로 마스터 헌터가 된 것을 축하한다. 이로써 여섯 번째 마스터 헌터가 탄생했군."

한 명은 이미 전사하고 없지만 그래도 축하할 일이다. 다시 한 번 마스터 헌터로 전력을 보충할 수 있었으니까.

무엇보다 재현은 현주와 비슷한 능력을 지니고 있다. 조금만 서로 알아 간다면 현주처럼 팀워크를 맞출 수 있을 것이라고 기대했다.

"별로 마음에 안 들지만요."

일단 재현은 그와 악수를 나누었다. 처음 만나는 자리이기 때문에 서로에 대한 능력을 알아 갈 때였다.

"중국 마교의 마공을 익힌 정송우라고 한다."

중국의 마공을 최고점까지 찍은 정송우. 생존의 시대 초기, 몬스터들이 나타났을 때 중국 여행을 하고 있다가 피난한 후, 우연히 마공 비급을 얻어 수련해 지금의 경지에 이르렀다는 모양이다.

그 옆에 있던 노인이 정중하게 인사했다.

"중력술사 진유혁이라고 합니다. 중력을 다루고 있지요."

중력을 다루는 중력술사 진유혁. 그는 상당히 신사적인 말투였다. 그는 빙그레 웃으며 가볍게 능력을 사용해 재현을 잠시 허공에 뜨게 한 뒤 내려놓았다.

"신체를 강화, 변형하는 능력의 이정훈이라고 한다."

신체 강화 능력자 이정훈. 그의 몸에서 지금보다 훨씬 더 거대한 근육이 자리 잡았다. 보기가 무서워질 정도로 많아지니 불쾌감마저 들었다.

"그 징그러운 근육 좀 넣어 둬."

그의 생각과 같은지, 새영이 정훈의 팔을 찰싹 때렸다.

"전 이미지 메이커 김새영이라고 해요."

상상한 물체를 현실의 것으로 만드는 이미지 메이커 김새영. 그녀가 정령들을 보며 미소를 짓더니 뭔가를 만들어 냈다.

그녀가 만들어 낸 것은 정령들의 모습을 본떠서 만든 인형이었다. 재현이 신기하게 바라보며 그 인형을 건네받았다.

정령들은 신기해하면서 마음에 들었는지 신나게 떠들었다.

“얘들아, 잠깐 나가서 놀래?”

“알았어!”

회의장 안을 떠들썩하게 만들 수 없으니 일단 나가서 놀게 했다. 정령들이 까르르 웃으며 밖으로 나간다.

“정령사 박재현이라고 합니다. 물, 불, 바람, 대지, 번개, 금속, 어둠의 정령과 계약했죠.”

“많기도 하군. 정령사는 그렇게 많은 정령과 계약할 수 없다고 알고 있는데. 많은 힘이 필요하다는 것과 자기와 속성이 맞아야 한다는 이야기를 들었네만.”

“정령들도 그렇고, 스승님도 그렇고. 제가 특이체질이라고 하더라고요.”

덕분에 모든 정령과 계약해도 제약이 없었다.

어둠의 정령과 계약할 때 발생하는 타락은 당연히 따라

왔지만, 그래도 체질에 맞으니 다 계약할 수 있던 것이다.

재현은 정말 엄청난 전력이 된 것이다.

'몬스터에게는 그가 천적이겠군.'

속성 공격에 면역을 가진 몬스터가 있지만, 분명 한 가지씩은 반드시 통하기 마련이다.

재현의 공격은 어지간해서 거의 다 통할 테니 몬스터의 입장에서 그는 재앙이나 다름이 없으리라.

"그 실라이론은 현주 씨의 정령인가?"

유일하게 실라이론만 재현의 옆에 남아 있었다. 재현은 고개를 끄덕이며 실라이론의 머리에 손을 얹고 쓰다듬는다.

"설마 현주 씨의 실라이론을 다시 볼 줄이야."

"저도 생각지도 못한 일이지만요. 마침 실라이론이 찾아 왔고, 아는 사이이기도 하니 제가 계약하자고 졸라 댔어요."

실라이론은 재현과 계약하는 것에 적극 찬성했다.

그의 재능이 뛰어난 것보다, 그간 오랫동안 함께한 현주의 제자인 만큼 실라이론도 재현을 좋아한 것이다. 덕분에 계약을 하기까지 별다른 무리도 없었다.

"스승님의 정령인 만큼 충분히 팀워크를 맞출 수 있을 거라고 봐요."

"물론. 우리도 실라이론에 대해 잘 알고 있거든. 상황에 맞게 대처하는 법을 자네에게 알려 줄 거네."

재현이 실라이론을 바라보며 물었다.

"실라이론. 널 믿어도 되지?"

"물론이야. 상황에 따라서 재현이는 내 지시에 따라 줘."

재현이 알겠다며 미소를 지었다. 전투 감각에 있어서 현주는 매우 뛰어났다.

그것을 옆에서 보고 답습한 실라이론이 알려 준다면 분명 그에게도 큰 도움이 될 것이다.

현주의 전투 방식을 전부 익힌다면 재현은 지금보다 훨씬 더 뛰어난 정령사가 되어 있을 것이다.

"다양한 머리카락 색의 외국인 여학생들을 데리고 다니는 어떤 남자가 강남으로 향하는 몬스터들을 아주 작살을 내놓았다는데, 그거 자네 얘기지?"

재현은 딱히 부정할 생각이 없었다. 이미 확신하는 것 같다. 숨겨 봤자 의미가 없을 것이라 생각하고 그가 대답했다.

"잘못된 건가요?"

"아니, 분명 칭찬할 일이지. 충분히 밀릴 수 있는 상황에서 자네 덕분에 위기에서 벗어난 부대가 두 곳이나 되니까. 또 덕분에 몬스터들이 강북으로 후퇴했고, 지금 이 전진기지를 설치할 수 있었네."

결과적으로 그는 혼자서 말도 안 되는 공헌을 한 셈이다. 혼자서 몬스터를 거의 싹 쓸어버린 것이나 다름이 없기 때문이다.

"다만 너무 그렇게 혼자서만 해 나가서는 분명 한계에 도달하게 될 거야. 혼자서 할 수 있는 일과 할 수 없는 일이 있으니까."

그의 말은 가장 현실적이기도 했다. 아무리 강한 사람이라고 하더라도 분명 힘에 한계가 있을 수밖에 없다.

그는 그것을 걱정하는 것이다.

제아무리 강한 몬스터라도 다수를 이길 수 없는 법이다. 용처럼 절대 이길 수 없다고 생각한 거대한 몬스터도 과거 500명이 넘는 헌터들에게 소탕을 당했다.

재현이 지금까지는 어땠는지 몰라도, 혼자서 해 나가다가는 언젠가 그것이 발목을 잡게 되는 날이 오게 될 것이다.

"딱히 전 영웅이 될 생각은 없어요. 혼자서 할 수 없는 것에 무모하게 나서는 사람도 아니고요."

"그렇다면 다행이군."

괜히 영웅이 되지 말라는 말이 있는 것이 아니다. 때로는 모든 자존심을 굽히고 추한 꼴을 보여서라도 살아남는 것을 우선시해야 하는 것이 헌터다. 재현도 마찬가지다. 절대로 영웅이 될 생각은 없었다.

"몬스터를 잡는 것은 찬성이지만, 헌관위 명령은 안 따를 생각이에요. 이것만큼은 확실하게 말해 둘게요. 저 헌관위를 가장 싫어하거든요."

작전을 짜는 것까지는 좋지만, 자기들 고집대로만 하는 헌관위는 마음에 들어 하지 않았다.

헌관위에 작전을 맡기면 죽음밖에 없다는 생각을 하는 것이다. 이것은 재현만이 아니고 헌터들에게 퍼져 나가고 있는 실정이기도 했다.

송우가 피식 웃으며 어깨를 으쓱였다.

"뭐, 그래도 상관없다만. 사실 우리들도 그다지 헌관위를 달가워하는 편은 아니거든. 헌터로 일해 본 적 없는 사람들이 명령하니 기분도 나쁘고. 어쩔 수 없이 따라야 하는 경우만 따를 뿐이지."

"설마 이렇게 말이 통할 줄은 몰랐네요."

"그러나 그것은 지금까지의 얘기지."

"……?"

송우의 의미심장한 말에 재현이 고개를 갸웃거렸다. 그가 씩 웃어 보였다.

"헌관위는 상급 헌터들의 피해로 인해 내부가 싹 바뀌

었거든. 지금까지 상부들은 헌터 출신이 아닌 자들이 앉아 있었는데, 이제는 헌터 출신이 아니면 절대 앉을 수 없게 바뀌었지. 헌터를 해 본 사람들이 헌터에 대해 잘 아니까."

아무도 모르게 내부적으로 상당히 많은 변화가 일어난 것 같았다. 이렇게 함부로 바뀌도 되는가 싶었다.

"물론 대통령과 국회에서 바꾸라고 명령한 거지만."

"어쩐 일로 나라가 옳은 일을 했네요."

국민들의 정서와 전혀 맞지 않는 정치로 심심하면 욕을 얻어먹는 사람이 대통령과 국회의원이다. 이번에는 확실히 옳은 일을 했다고 재현은 생각했다.

송우가 헌관위가 바뀐 것에 대하여 마저 설명해 주었다.

"명령을 내릴 수는 없고 건의만 할 수 있는 것으로 바뀌었네. 작전권은 현장에 뛰고 있는 헌터들이 해야 옳다고 판단한 것이지."

"그 말인즉……."

"자네 마음대로 활개 쳐도 된다는 소리지. 자네가 하고 싶은 대로, 마음이 가는 대로 날뛰게나. 물론 혼자서는 말고."

재현이 마음에 든다는 듯 미소를 지었다.

"그럼 헌관위 건물이 아직 안 망가졌으면 마저 부서도

되나요?"

"그것까지는 좀……."

재현이 농담이라는 듯 웃어 보였지만, 그가 정말 농담을 하는 것인지, 진담인지는 종잡을 수 없었다.

* * *

이튿날, 라디오를 통해 새로운 마스터 헌터가 탄생했다는 것을 공식적으로 언론에 알려졌고, 국민들은 이에 환호했다.

마스터 헌터 한 명을 잃어 낙담했는데, 다시 그 인원이 보충되었으니 환호하는 것도 당연했다.

그러나 이를 비관적으로 바라보는 사람들도 많았다.

헌관위에서 자신들에 대한 과오의 시선을 돌리려고 마스터 헌터를 만들어 냈다는 것이다.

틀린 말도 아니지만, 그렇다고 맞는 말도 아니었다.

재현은 확실하게 마스터 헌터들에 못지않은 힘을 가지고 있었다. 이에 대한 것은 직접 성과를 보이면 될 것이다.

'역시 높은 위치에 있으면 어깨가 그만큼 무거워지는 것 같아.'

재현은 흘깃 뒤를 바라보았다. 그곳에는 자신을 따르는

헌터들이 보였다.

이번에 몬스터 대출몰은 몬스터 준동처럼 우두머리가 있다. 그런데 그 우두머리는 한둘이 아니다. 그들은 각 정해진 숫자대로 우두머리를 정해 놓고 진격하는 것이다.

재현은 의도하지 않았지만 그 때문에 한강에서 다수의 몬스터들이 후퇴를 한 것이다.

또 다른 몬스터가 무리를 이끌기 전에 진격하기로 하고, 헌터와 군인들이 이동을 시작했다.

재현은 신중하게 건물을 샅샅이 뒤지며 숨어 있는 몬스터들을 찾아 천천히 진격했다. 나중에 조금이라도 발목을 잡히지 않기 위해 한 마리도 남기지 않고 발견 즉시 소탕해 나갔다.

"반대편 건물에 다수의 몬스터의 반응이 감지되고 있어요."

노에아넨의 말에 재현이 손을 번쩍 들어 행진을 멈춘다. 헌터와 군인들이 멈춰 서고 사주경계를 한다. 그가 하늘에서 정찰하고 있던 실라이론에게 묻는다.

'실라이론. 숫자는 얼마나 돼?'

[잠시간 기다려. 이곳은 사각이라서 잘 안 보여.]

실라이론이 위치를 바꿔 정찰을 했다. 실라이론은 곧 재현에게 알렸다.

[어림잡아도 백 마리는 넘어.]

'많기도 하네. 종류는?'

[다양하긴 한데 대부분이 오크로 이루어져 있어. 잠깐만. 빌딩 안에서 다른 몬스터가 나오네.]

실라이론이 다시 살펴보고서 보고했다.

[블랙 오크도 확인됐어.]

'블랙 오크?'

그게 뭐냐는 듯 묻자, 실라이론이 즉각 알려 주었다.

[일반적인 오크보다 강한 몬스터야. 내가 알기로는 B-급으로 분류되고 있을 거야. 저 무리를 이끄는 건 블랙 오크일 거야.]

'블랙 오크는 주로 어떤 공격에 취약해?'

[내가 알기로는 모든 속성 공격은 다 통한다고 봐. 전기에 가장 취약하고, 그다음으로는 불일 거야.]

'그래? 그거 잘됐네. 저쪽에서는 아직 우리 발견하지 못했지?'

[그런 것 같아. 발견했으면 벌써 이쪽으로 왔겠지.]

재현은 상황이 매우 좋다고 생각하며 즉시 헌터들을 집결시켜 인원을 선출했다. 번개와 화염 공격을 사용하는 능력자들을 위주로 뽑아 인근 옥상으로 이동시켰다. 그리고 그들을 지킬 최소한의 능력자도 함께 뽑았다.

재현은 헌터들에게 즉시 작전을 설명하고, 이동을 진행했다. 몬스터들에게 들키지 않기 위해 최대한 소리를 죽이며 이동한다.

벽에 최대한 붙어 엄폐한 재현이 창문 틈으로 얼굴을 살짝 내밀어 몬스터들을 살핀다. 무너지고 전소한 건물들 사이로 몬스터들이 밀집해 있는 것이 보였다. 녀석들은 입에 피를 잔뜩 묻힌 채 뭔가를 맛있게 먹고 있었다.

'동물인가?'

뼈를 보아하니 인간을 먹는 것 같지 않았다. 인근에 있던 동물원에서 잡아 온 동물일까? 재현은 녀석들이 식사 중인 틈을 타 많은 피해를 입히기로 생각했다.

'실라이론. 옥상에 헌터들 도착했어?'

[응. 방금 도착했어. 여기서 몬스터들이 눈에 잘 보여. 모두 공격 준비가 끝났어.]

'최대한 요란하게 공격하라고 전해 줘.'

[알았어.]

그리고 잠시 후, 반대편 건물의 옥상에서 번개와 불이 떨어지기 시작했다. 식사 도중 갑자기 날벼락을 맞은 오크들이 소리를 지르며 혼비백산하기 시작했다. 재현도 가만히 있지 않았다.

'썬더라스, 셀레아나!'

[알았어!]

[우리에게 맡겨 둬!]

썬더라스와 셀레아나가 자신감을 보이며 일제히 전격과 불을 쏘아 댄다. 화력이 더해지고, 오크들은 건물 내부로 진입해 공격을 피하려고 했다. 재현이 소리쳤다.

"공격!"

"와아아아!"

군인들이 일제히 화염병과 수류탄을 던지기 시작했다. 녀석들이 건물 내부로 들어온 건 최악의 실수였다.

"메타리오스, 노에아넨. 빠져나갈 출구를 이중으로 막아 버려!"

메타리오스와 노에아넨이 녀석들이 들어온 입구를 막아 버렸다. 흙과 철로 이루어진 거대한 벽이 덧대어진다.

갑작스럽게 건물 내부에 갇히게 된 오크들. 건물 내부에서 폭발과 함께 파편이 튀고, 불길이 녀석들을 더욱 혼란스럽게 했다.

탕! 탕! 탕!

찢어질 듯한 거대한 소리가 서울 지천을 뒤덮었다. 창문에 총구를 바짝 들이밀고 일제히 총격을 가하는 것이다.

대괴수 섬멸탄으로 무장한 군인들의 공격은 녀석들에게 충분한 효과를 주었다.

"윈드!"

재현이 건물 내부에 바람을 일으켰다. 불길이 더욱 거세진다. 부채질을 하여 화력을 키워 녀석들에게 더 치명적인 공격을 가하고 있는 것이다. 안 그래도 혼란스러워하던 오크들을 더욱 혼란스럽게 만들었다.

"취이익!"

공기 반 소리 반. 오크 특유의 소리가 울려 퍼진다. 블랙 오크였다. 녀석들이 창문에서 공격하고 있는 헌터와 군인들을 발견하고 대검을 이쪽으로 향한다.

오크들의 반응은 신속했다. 적이 보이기 무섭게 달려들기 시작한 것이다. 재현도 이에 빠르게 반응했다.

"후퇴!"

군인과 헌터들이 천천히 대열을 갖추며 뒤로 물러난다. 그러면서 사격을 멈추지 않았다.

탕! 탕! 탕!

신속한 사격의 화력보다 정확한 사격으로 오크들의 몸에 총알을 박았다. 하지만 완전히 제압하는 것은 힘들었다.

녀석들은 창문으로 나가는 것보다 건물 벽을 부수는 것을 선택한 것이다. 어찌나 힘이 센지, 거대한 헤머를 든 오크가 내려치기 무섭게 콘크리트 벽이 허물어지듯 무너졌다. 콘크리트 내부에 있던 앙상한 철골 사이로 녀석들이 뛰어넘어 땅에 안착한다.

"노에아넨. 빠뜨려!"

재현의 명령에 노에아넨이 즉각 능력을 사용했다.

재현은 많은 양의 정령력이 빠져나가는 것을 느끼면서 한시도 녀석들에게서 눈을 떼지 않았다.

곧 콘크리트가 갈라지기 시작한다. 그리고 곧 녀석들이 땅속으로 추락한다.

건물 내부에 있어도 문제, 밖으로 나와도 문제다. 안에 있으면 불에 타거나 총격을 받고, 밖으로 나오면 땅속으로 떨어진다.

몸에 당장 불이 붙어서 녀석들은 이를 피하기 위해 밖으로 대피하는 걸 선택했다. 그리고 어김없이 땅속으로 추락한다.

건물 내부에 있던 오크들은 타죽고, 땅속에 있는 오크들은 빠져나오려고 발악한다. 재현이 아래를 바라보았다. 다수의 오크들이 기어서 올라오려는 것이 눈에 보였다.

그중 검은색 피부의 오크가 눈에 띄었다. 녀석들이 항의하듯 괴성을 질렀다. 말은 통하지 않지만, 대충 분위기로 봐서 정정당당하게 싸우자는 듯 보였다.

'녀석들 입장에서는 이게 비겁하게 보이려나?'

오직 전투와 명예를 위해서만 존재한다는 오크. 이것이 당연한 반응이라고 생각하며 재현이 군인과 헌터들을 바라보며 말했다.

"오크들이 춥다고 하는 것 같은데 불 좀 지펴 주죠."

"취이이익!"

녀석들이 그의 말을 알아듣기라도 한 듯 타이밍에 맞게 소리친다. 그러나 재현은 아랑곳하지 않았다.

전쟁에 비겁이 어디 있겠는가. 그냥 이기면 장땡인 법. 애초에 몬스터를 상대로 명예를 갖출 생각은 추호도 없었다.

헌터와 군인들이 빠르게 움직이며 남아 있는 화염병에 라이터로 불을 지폈다.

누군가는 어디서 구한 것인지 휘발유 통을 가져와 땅속에 부었다. 휘발유를 모두 부어 버리고, 마무리로는 화염병을 던진다.

녀석들의 절규하는 소리가 울려 퍼지고, 재현이 기지개를 켰다. 헌터와 군인들의 얼굴에는 미소가 피어오르고 있었다.

백 마리의 몬스터를 상대로 피해를 전혀 입지 않고 이겼다. 모두 소리를 지르며 얼싸안았다. 두려움의 상징이었던 몬스터들을 이리 쉽게 제압한 것에 사기가 충전된다.

"자, 모두 수고하셨습니다. 이제 다음 목적지로 진격하죠. 아직 처리할 몬스터들이 많이 있으니까요."

소탕은 이제 시작일 뿐이다.

# Chapter 05
# 우두머리를 소탕하라

강북 탈환 작전이 착실히 진행되고 있다.

동서남북.

경기도와 인천에서 헌터들이 집결해 사방을 포위하고 탈환 작전을 진행하는 것이다.

몬스터들이 워낙 강한 덕분에 가끔은 위축되기도 하지만, 때로는 다른 부대를 지원하는 것을 꺼리지 않았다.

서로 정보를 공유하고, 서서히 진행이 되는 탈환 작전. 여전히 강북은 접근 금지 구역이지만, 의료 봉사자와 자원 봉사자들이 넘쳐난다.

일단 수복한 위치에서 잔해를 치우는 일부터 시작을 한

것이다. 또한 대피소에 갇혀 꼼짝도 못 하고 있던 사람들에게도 도움의 손길이 이어지고 있었다.

현재까지 대피소 세 곳을 되찾아 사람들을 구하면서 서울에 존재하는 몬스터에 대한 정보도 꾸준히 갱신되고 있었다.

헌터들의 정보가 도착하는 대로 라디오로 방송되고 있었다.

[현재까지 서울에 존재하는 몬스터들의 수는 약 3만 마리 이상으로 파악되며, 헌관위 관계자는 신중히 몬스터들을 소탕하겠다고 밝혔습니다. 헌관위에서 밝힌 바에 따르면 몬스터들에게는 각각의 우두머리가 존재하며 우두머리 소탕에 주력하겠다고 발표했습니다.]

우두머리만 잡으면 그 휘하에 있는 몬스터는 세력을 잃고 뿔뿔이 흩어진다. 몬스터들이 빠져나가지 못하도록 서울을 봉쇄하면서 일을 착실히 진행하고 있다.

헌터들은 이미 공지를 통해 전부 전해 들은 것이기도 했다.

이미 아는 상황이라고 하더라도, 일이 어떻게 진행되어 가는지 궁금할 수밖에 없었다. 각자 위치를 사수하기 때문에 전황을 알고 싶어 하는 것이다.

다행히 아직까지 별 무리가 없었다. 재현이 라디오를 끄고서 자원봉사자들에게 받은 음식을 먹으며 허기를 달랬다. 인왕산과 성균관대까지 수복한 헌터들. 재현은 경복궁에서 잠시 쉬어 가기로 했다.

몬스터들로 인해 문화재 피해도 막심했다. 벽은 무너지고, 일부 건물의 지붕이 무너졌다.

몬스터들에 의해 무너진 것도 있지만, 몬스터를 잡고자 싸우다가 훼손된 것도 상당수 있었다.

"여기서 쫓겼던 게 엊그제 같은데."

재현은 한숨을 푹 내쉬었다. 여기서 쉬고 있다가 2차 몬스터 대출몰이 시작되었을 때 달아나야 했던 기억은 여전히 생생하다. 그러나 그때보다 지금이 더 훼손이 심해 보였다.

몬스터들이 돌아다니며 이곳저곳을 부수고 다닌 것이다. 복구하려면 꽤나 많은 시간이 들 것으로 생각되었다.

파괴된 트럭은 도로에 방치되어 있는 것이 눈에 띈다. 재현은 트럭에서 눈을 돌리며 식사에 열중한다.

"수고했네."

정훈이었다. 그가 재현에게 다가오며 근처에 앉았다.

"여긴 어쩐 일이세요?"

"어쩐 일이긴. 잠시 돌아다니다가 자네를 발견해서 온 거지. 어차피 우리는 거의 같이 행동하지 않나?"

정훈이 씩 웃어 보인다. 재현이 고개를 끄덕이며 식사에 열중했다. 식사를 끝내고 나서 재현이 물었다.

"뭔가 있죠?"

정훈은 숨길 의도는 없었는지 고개를 끄덕였다.

"마스터 헌터들이 해야 할 일이 생겨서 말이야."

"무슨 일인데요?"

"자세한 사항은 나도 몰라. 송우 녀석이 알고 있거든. 일단 약속 지점으로 이동하기로 하지."

또 회의인가 생각하며 자리에서 일어나는 재현. 그는 정훈의 뒤를 따라갔다. 그들은 그리 먼 곳까지 이동하지 않았다. 어느 버려진 빌딩에 모인 그들.

재현은 곧 송우와 유혁을 발견할 수 있었다. 유혁이 꾸벅 고개를 숙여 인사를 하고, 재현도 똑같이 인사했다.

정훈이 송우에게 물었다.

"새영이는?"

"지금 들어오는군."

송우는 밖에서 뛰는 소리를 듣고 눈을 떴다. 그의 말대로 곧 김새영이 안으로 들어왔다.

"이야, 미안. 너무 늦었네."

새영이 바삐 들어왔다. 다행히 그렇게 늦은 편은 아닌 터라 아무도 신경 쓰는 기색이 없었다. 그녀는 곧 자리에

앉았다.

송우가 쭉 둘러본다. 마스터 헌터들이 전부 모였다. 그는 다들 모이자 소집한 이유를 설명했다.

"마스터 헌터들만 투입할 일이 생겼어."

그가 건넨 것은 두 장의 사진이었다. 클로즈업을 해서 찍은 사진. 사진 속에는 특정한 몬스터가 있었다.

"트윈 헤드 오우거와 스노우 트롤이잖아?"

"맞아."

정훈이 기가 막힌 표정을 지었다. 오우거나 트롤은 마스터 헌터들에게도 찝찝한 몬스터였기 때문이다. 특히 트롤의 종류는 더더욱 그러했다.

"이것들을 소탕하라고?"

"그래. 녀석들이 대출몰에 일어난 몬스터를 지휘하는 우두머리야. 여러 정황을 봤을 때 스노우 트롤은 1차 몬스터 대출몰 때, 트윈 헤드 오우거는 2차 몬스터 출몰 때 나타난 것으로 추정되고 있어."

몬스터들을 완전히 이끌고 있는 몬스터는 트윈 헤드 오우거와 스노우 트롤이었다.

트윈 헤드 오우거는 말할 것도 없다. 지상 최강의 포식자인 오우거의 돌연변이다. 덩치도 오우거보다 크고, 힘도 세다. 시야도 넓다. 말이 더 필요하겠는가?

스노우 트롤은 물에 강하며 불에도 어느 정도 저항하는 몬스터로, 녀석이 내뿜는 숨결은 상대방을 얼리기까지 한다.

거기에 회복력은 일반적인 트롤보다 곱절이나 되니 결코 가벼이 여길 몬스터는 아니었다. 그러나 재현은 스노우 트롤에 대해서 잘 몰라 킵보이를 통해 정보를 확인해서야 어떤 몬스터인지 알 수 있었다.

이름: 스노우 트롤

등급: A+

종류: 트롤과

-추운 지방에 자주 출몰하는 몬스터. 일반적인 트롤보다 체력이 좋고 회복력도 발군이다. 추운 곳일수록 큰 힘을 발휘하는 몬스터이다.

주의: 극저온의 숨결을 내뱉어 상대를 순식간에 얼려 버린다. 마스터 헌터 2인 이상이 소탕할 것.

약점: 화(火) 속성 공격에 치명적.

"그래도 다행히 한국에 나타났네."

새영이 후후 웃으며 사진을 내려놓았다. 유혁도 자신 있는 표정을 지었다.

“다행히 날도 풀려서 녀석의 힘은 거의 반감된 상태일 겁니다. 소탕하는 것은 어렵지 않겠으나, 그래도 녀석의 숨결은 조심해야겠지요. 스노우 트롤은 추운 곳에서는 트윈 헤드 오우거보다 무서운 몬스터지만, 한국이라면 얘기는 다르죠.”

한국은 날이 추워지고 있기는 했으나 아직 가을이다. 설사 겨울이라고 하더라도 스노우 트롤에게는 큰 힘이 되지 못한다.

녀석은 영하 25도 미만에서 최고의 컨디션으로 힘을 발휘한다고 한다. 그러나 한국에서는 영하 20도까지 내려가는 일이 그리 많지는 않았다. 강원도로 가면 모를까, 서울에서는 큰 기대를 하기 힘들 것이다.

“그렇다면 문제는 트윈 헤드 오우거로군.”

트윈 헤드 오우거. 재현도 알고 있는 몬스터이다. 설악산 몬스터 준동 당시 바로 눈앞에서 목격한 것이 트윈 헤드 오우거. 머리가 두 개 달려 있으면서 힘도 어찌나 세던지. 재현은 그때 송우, 정훈, 새영을 보았다.

‘그런데 지금은 내가 이들과 같이 싸우고 있네.’

초급 헌터였을 당시인데 이제는 어느덧 그들과 어깨를 나란히 하고 싸우고 있다. 인간사는 알다가도 모를 일이다.

"각개격파를 하는 방법을 써야 하겠으나, 저 두 몬스터는 나란히 붙어 다닌다고 하니……."

우두머리로 지정된 몬스터가 나란히 붙어 다니는 경우는 거의 본 적이 없었다.

상당히 이례적인 일이라고 볼 수 있었다. 그러나 사례가 없다고 해서 앞으로도 없으리란 보장은 없는 법.

이제 도시에도 몬스터가 대규모로 나타난 상황에서 지금까지의 법칙은 싹 뒤집어졌다고 보면 되었다.

"한 마리씩 유인해서 싸우는 방법을 택하는 게 가장 현명하겠지."

이 사태를 진정시키기 위해서는 녀석들을 찾아내 소탕할 필요성은 반드시 있었다.

"그래서, 트윈 헤드 오우거와 스노우 트롤은 어디에 있는 거야? 가까운 곳에 있는 거야?"

정훈의 물음에 송우가 대답한다.

"미아역에 서식하고 있다고 하더군."

꽤 먼 거리에 있는 것만큼은 확실했다.

* * *

미아역까지 가기 위해서는 지하철을 타고 가는 것이 빠

르겠지만, 지금 상황으로 그것은 불가능하다.

몬스터들이 지하철에서 서식하는 경우가 많기 때문에 오로지 도로로 이동해야 하는 까닭이다. 송우가 지도를 펼치며 이동 경로를 설명하고 있었다.

"미아역까지 가려면 많은 위험을 감수해야 할 거야. 지역을 하나씩 수복하면서 몬스터들이 더 탄탄하게 무리를 더욱 이루고 있으니까. 순찰하는 몬스터도 생겨서 사전에 들킬 위험도 크지."

결국 마스터 헌터들은 미아역까지 숨어서 들어가기로 결정했다. 숨어 들어가는 방법은 간단하다.

군인들이 멀리서 포격을 하고, 몬스터들이 포격 소리가 들리는 방향으로 이동하여 시선이 다른 곳으로 향한 틈에 잠입하는 것이다.

"강북에 있는 몬스터의 숫자가 3만 마리가 넘는다면서? 어떻게 피해서 가? 몬스터들이 도로도 점거하고 있을 텐데?"

도로에 있는 것은 몬스터만이 아니다. 버려진 자동차들도 다수 있다. 그것은 분명 큰 장해물이 될 것이다.

새영의 물음에 송우가 답해 주었다.

"최대한 피해서 갈 생각이야. 일단 오토바이를 타고 이동하고, 길이 막히면 도보로 걷는 거지."

"어휴, 결국 걷는 것 외에 방법이 없구나. 걷기 싫은데."

새영은 걷는 것은 싫다는 듯 진저리를 쳤다.

"이 사태를 조기 종결시킬 방법이니까 참아. 최종적인 우두머리만 없으면 모든 몬스터들이 일제히 뿔뿔이 흩어질 테고, 사냥하기 더 쉬워질 테지."

와해된 몬스터만큼 사냥하기 쉬운 것도 없다. 이미 서울을 봉쇄했으니 녀석들이 갈 곳은 없다.

각개격파도 쉬워질 테고, 연합도 무너질 테니 서로를 사냥하며 영역 다툼을 시작할 것이다.

이미 다른 국가들도 이와 같이 행동하고 있었다. 정보의 공유는 나라들끼리도 이어지고 있었다.

각 나라에 존재하는 몬스터들의 공통점들을 종합해 보고 최선책을 내놓는 것이다.

재현이나 정훈 그리고 송우는 걸어도 딱히 관계없었다.

새영은 오래 걷는 것을 싫어하는 눈치지만, 그래도 해야 할 일이기에 어쩔 수 없이 납득해야 했다.

그녀도 마스터 헌터인 만큼 체력으로 결코 뒤지지 않는다.

그러나 재현의 시선은 유혁에게 향했다. 마스터 헌터들 중 가장 연장자인 유혁. 그는 올해 칠순의 마스터 헌터다.

과연 그에게 이것이 가능할까 생각이 들었다.

유혁이 그의 얼굴을 보고 빙그레 웃었다.

"이래 봬도 젊은 사람들보다 체력이 좋습니다. 염려하지 마시지요."

송우가 이런 결정을 내린 것을 보면 그의 체력도 같이 고려했을 것이라 생각했다. 재현은 납득했다는 듯 고개를 끄덕였다.

*　　*　　*

재현은 마스터 헌터들과 함께 미아역을 향해 이동했다. 오토바이를 타고 빠르게 이동하는 와중에 몇 번 몬스터와 접전은 있었지만 큰 전투는 거의 없었다.

설사 있었다고 해도 마스터 헌터가 다섯 명. 잔챙이들을 처리하는 것은 그다지 어렵지 않았다.

"이 거리를 이틀이나 걸려서 오다니."

송우가 기가 막힌 표정으로 한숨을 내쉬었다. 지하철이나 차를 타도 한 시간 내로 도착할 거리를 이틀이나 걸려서 왔다. 예전 같았으면 상상도 못 했을 일이다.

그만큼 조심스럽게 이동했다는 뜻이다. 버려진 자동차들로 인해 도로는 혼잡한 상태였다.

미아역 근처는 생각보다 무너진 건물이 많이 없었다. 유리창이 깨지기는 했으나 그것을 제외하면 거의 멀쩡하다고 볼 수 있었다. 그렇게 한참을 조심스럽게 걷는데 정훈이 한 곳을 바라보며 중얼거렸다.

"오호, 저기였군."

정훈이 신기한 듯 어떤 건물을 바라본다. 어느 건물과 다를 바 없는데, 유독 한 곳만 뚫어지게 바라보니 궁금증이 일었다.

"뭐가 있어요?"

"아니, 내 지인이 작가인데, 이 근처에 그 사람이 있는 출판사가 있다고 하더군. 마침 그곳을 발견한 참이야."

"그래요?"

아는 사람 중 작가가 있다니 신기해하는 재현. 작가들이라고 한다면 지식인의 모습이 떠올랐다.

"작가들은 뭐 특별한 거 있어요?"

정훈은 고개를 저었다.

"다 똑같은 사람이더라. 작가라고 고상하게 책만 읽는 사람만 있는 게 아니고. 얘기를 나누면 게임 얘기나 하고 있는 녀석이니까. 게다가……."

어휴, 한숨을 내쉬는 정훈. 그가 고개를 저으며 말을 잇는다.

"전화하는 목적이 심심하니까 대화 좀 해 줘라, 요즘 헌터에 대한 소설 쓰고 있으니 나한테 소재 좀 달라고 귀찮게 전화나 걸고 말이야. 민폐남이야, 민폐남. 요즘은 어떻게 정당하게 마감을 어길 수 있을까 없는 잔머리를 굴리려고 하고 말이야."

어떤 작가일까 궁금해지는 순간이다. 정훈은 그 녀석을 생각하는 것만으로도 치가 떨린다는 듯 불만을 토로한다.

"한 달에 두 권 쓰는 데다가 컨디션 조절을 못 하고 있어서 매번 아슬아슬하다는 것 같지만. 뭐, 자기 스스로 고생길을 걸은 것이니 누구를 원망하겠어. 인과응보지."

누군지는 모르지만 그 작가도 참 치열하게 살고 있구나 하고 생각하며 재현은 시선을 다시 돌린다.

송우가 주위를 둘러보다가 곧 미아역 5번 출입구 내부로 진입했다. 지하철 내부는 어둡지 않았다.

수정체로 전기를 공급받는 덕분에 임시로 스위치를 끄지 않는 한 24시간 불이 꺼지지 않는 것이다. 덕분에 어둠을 걱정할 필요가 없었다.

"보고에 말에 따르면 던전처럼 몬스터들이 배치되어 있다는 모양이야. 내부가 넓어서 전부 확인할 수는 없었지만 녀석들이 내부로 들어가는 것을 확인했다고 해. 일단 오늘의 목적은 정찰이야. 확인을 마치는 대로 철저히 준비해서 섬멸 작전을 펼칠 거야."

"그럼 흩어져서 찾아보는 게 낫지 않아? 그러면 정찰도 빨리 될 거 아냐."

정훈의 말에 새영이 고개를 저었다.

"바보야. 그렇게 하다가 우리가 각개격파를 당하면 어쩌려고 그래."

"그런가?"

정훈은 무안한 듯 머리를 긁적였다.

"한 마리만 있으면 괜찮을 것 같은데. 혹시 붙어 있대?"

"붙어 있을 수도 있고, 따로 있을 수도 있지. 지하철 내부를 완전히 정찰한 게 아니니까. 일단 확실한 건 서로 우두머리로 인정하면서 연합하고 있다는 거야. 일단 다 같이 이동하는 편이 나을 거야."

"따로 있기를 바라야겠군."

몬스터들도 모이면 강하다. 각개격파를 하는 것이 차라리 나았다. 그들은 의견도 척척 맞아떨어지면서 일사불란하게 움직였다.

역시 마스터 헌터답다고 해야 할까.

경험이 많고 이런 일은 일상이었으니 분란도 거의 없었다. 실라이론의 말로는 의견이 맞지 않을 때는 서로 타협을 보기도 한다고 한다.

'나도 많이 배우네.'

아프리카 원정 때 한 녀석과 제대로 조율이 되지 않아서 조금 애먹었던 적이 있다.

다행히 반 협박과 설득을 절묘하게 섞어 어떻게든 자신의 의견대로 진행했지만 말이다. 이들처럼 적당히 타협을 보는 것도 크게 배울 점이었다. 그렇게 최대한 소리를 죽이며 안으로 잠입했을 때였다.

"조심하세요. 모퉁이를 돌면 바로 몬스터들이 있어요. 아무래도 매복한 것 같아요."

노에아넨이 미리 경고를 주고, 송우가 정지 수신호를 보냈다. 지하에서 땅의 정령만큼 유용한 정령은 없었다. 몬스터의 위치를 금방 알아채고 매복한 것도 금방 알 수 있었다. 재현이 물었다.

"숫자와 종류는?"

"열네 마리에 오크 세 마리와 나머지는 고블린이에요."

"강한 몬스터는 아니군. 이쪽에서 먼저 공격을 하도록 하지."

그것이 다행이라고 생각하며 이쪽에서 먼저 선제공격을 하기로 했다. 매복도 들키지 않았을 때가 위협적이지, 알고 나면 금방 무찌를 수 있는 것이었다.

"노에아넨, 메타리오스. 녀석들에게 선제공격을 가해."

그 순간 지하철 내부가 흔들렸다. 메타리오스가 철골을 움직여 천장을 약화시키고, 녀석들에게 쏟아낸 것이다. 철제빔이 녀석들에게 쏟아져 선제타격을 주었다.

동시에 노에아넨이 흙의 지반을 일부 무너뜨려 녀석들을 매몰시켜 버렸다. 그러나 전부 매몰시킨 것은 아니었다. 몬스터들은 뭉쳐 있지 않고 각자 흩어진 덕분에 피해는 미비했다. 자신들의 존재가 들켰다는 걸 느낀 몬스터들이 모습을 보였다.

"나머지는 제게 맡기십시오."

유혁이 앞으로 나온 후 양팔을 천천히 들어 올렸다. 그의 팔이 들어 올리는 것에 맞춰 녀석들의 몸도 허공에 부유한다. 그 직후 그가 주먹을 움켜쥐자, 녀석들의 머리가 순식간에 파괴되어 버렸다.

"……."

그리 썩 보기 좋은 장면은 아니었다. 머리가 압박을 이기지 못해 터지니 저절로 고개를 돌리게 되었다.

몬스터들이 쓰러지고 나서, 송우가 담담히 피 웅덩이를 밟으며 무너진 천장을 바라보았다. 끼익! 끼익! 철이 불안한 소리를 내고 있었다.

"지금 당장은 괜찮아 보이지만 나중에 문제가 될 수 있으니 미리 보수하는 편이 좋겠군."

"그렇겠죠?"

지하철을 안 쓸 것도 아니고, 이 사태가 끝나면 써야하기 때문에 미리 보수하는 편이 좋으리라. 사람들이 들어왔을 때 무너지면 처참한 상황으로 번질 수도 있기 때문이다.

재현이 말없이 메타리오스를 바라본다. 메타리오스는 알겠다는 듯 다시 철제빔을 원래 위치에 되돌리며 조립한다. 조립하기 불가능하면 자르고 다시 붙이는 작업으로 금방 원래대로 돌렸다.

"금방 하네?"

"구조만 파악하면 간단해……."

어떤 아프로 머리를 한 아저씨가 어때요, 정말 쉽죠? 라고 말하는 것이 떠오르는 재현. 그는 잡생각을 그만두고 복구된 지하철 천장을 바라보며 다시 이동을 시작했다.

이동하면서 간간이 보이는 몬스터들은 어렵지 않게 처리할 수 있었다. 마스터 헌터가 다섯.

그중 한 명만 싸워도 어렵지 않게 처리할 수 있었다. 송우는 주위를 둘러보다가 곧 철로로 뛰어들었다.

그렇게 지하철을 샅샅이 뒤지며 돌아다녔지만, 어째서인지 스노우 트롤이 보이지 않았다.

"정보가 잘못된 거 아냐?"

역 내부를 돌아다녀 봤지만 긴장해야 할 정도의 몬스터는 없었다. 간혹 B급 몬스터가 보일 뿐이었다. 새영은 잠시 쉴 요량으로 벽에 비치된 의자에 앉았다.

"정보가 잘못됐을 리는 없어. 혹시 서식지를 다른 곳으로 이동한 건가?"

그럴 가능성은 충분히 있다. 통상적으로 몬스터들은 영역을 갖게 되면 한 곳에 정착하기도 하지만, 때로는 영역을 넓히면서 서식지를 바꿀 때도 간간이 있었다.

"노에아넨. 지하철 내부에 숨겨진 공간이 있어?"

"찾아볼게요."

관계자 외 출입 금지 구역이라면 충분히 있을 수 있다. 노에아넨이 찾을 동안 잠시 휴식을 취하기로 한 그들. 노에아넨이 곧 그들 앞에 나타났다. 노에아넨은 상기된 얼굴로 나타났다.

"찾았어요!"

"오, 잘했어, 노에아넨!"

재현이 노에아넨의 머리를 쓰다듬었다. 노에아넨이 그의 손길을 즐겼다.

"바람의 정령은 지상에서 정찰하기 좋지만, 지하에서 찾는 건 무리가 많았는데…… 자네 덕분에 일이 수월하군. 어디 가서 헤맬 일도 없겠어."

"아무래도 그렇죠."

노에아넨과 실라이론이 있다면 절대 길 잃을 걱정도 없다. 노에아넨은 지하든 지상이든 길을 찾는 것에 특화된 정령이다.

"이리로 오세요."

노에아넨이 그들을 안내해 주었다. 노에아넨은 선로로 뛰어들었다. 그들도 따라서 선로 아래로 뛰어내렸다.

선로는 어두워서 새영이 능력을 사용해 야간 투시경을 만들어 냈다. 그녀가 야간 투시경을 든 채 재현에게 물었다.

"야간 투시경 필요해?"

"전 어둠의 정령과도 계약해서 필요하지 않아요."

"현주 씨도 그런 것 같더라. 기나 마나를 사용하는 사람들은 좋겠어. 실력이 늘수록 밤눈도 밝아지니까."

반면 초능력자들은 그런 것이 없었다.

"나도 초능력인데?"

"넌 신체 강화를 하고 변형할 수 있으니까 제외하고. 능력만 사용하면 짐승들보다 밤에 밝게 볼 수 있으면서."

일부 밤에도 볼 수 있는 능력자들은 당연히 제외하고 말이다.

"그게 내 능력의 장점이지."

정훈이 자랑스럽다는 듯 코를 높이 세운다. 한두 번 겪는 것이 아닌 듯 새영은 가볍게 무시할 뿐이다.

초능력자들은 자신의 능력을 제외한 나머지에는 일반인과 다를 바 없었다. 그렇기 때문에 도구에 많이 의존하기도 한다.

새영은 야간 투시경을 하나를 더 만들어 유혁에게 건네주었다.

"그러고 보니 이쪽으로는 확인해 보지 않았군."

지하철의 선로는 통로가 꽤 길게 이어져 있다. 충분히 이쪽에도 있음 직했다.

"몬스터들이 곳곳에 있을 거예요. 그리고 이 끝에는 열차가 길을 막고 있었어요."

노에아넨은 자신이 본 것을 전부 설명해 주었다. 대충 어떤 식으로 되어 있다는 것을 알려 주었는데, 송우가 금방 추측해 낸다.

"바람도 불어오고, 햇빛이 들어오지 않아 서늘하기도 하니 그곳을 둥지로 삼은 것 같군."

조금 더 이동하니 몬스터의 털도 금방 발견할 수 있었다. 하얀색의 털. 이리저리 만져 보고 확인한 새영은 두말할 것 없다는 듯 말했다.

"털이 빳빳하고, 윤기가 흐르는 걸 보니 스노우 트롤의 털이네."

그리고 점점 안으로 들어가니 사람의 것으로 보이는 옷가지와 신발들이 어지럽게 버려져 있는 것이 보였다.

미처 대피하지 못하고 희생당한 사람들의 것으로 파악되었다. 시체는 보이지 않고 찢어진 옷 조각들로 대충 어떻게 된 건지 안 봐도 뻔했다.

구역질이 나려는 것을 참아 가며 앞으로 어느 정도 이동하자, 곧 어둠 속에서 작은 불빛이 보였다. 야밤에 짐승의 눈이 빛나는 것처럼 보였다.

"몬스터들이야. 저쪽에서 우리를 발견했어."

비교적 멀리까지 볼 수 있는 야간 투시경을 쓴 새영과 유혁이 먼저 알렸다. 유혁이 이어 설명했다.

"숫자는 여덟 마리, 모두 짐승형이군요."

"파이어 울프릭, 아이언 와일드 보어, 블랙 캣. 종류도 전부 다르군."

송우가 귀를 기울여 몬스터의 종류를 파악했다. 굳이 킵보이를 켜지 않아도 저렇게 알 수도 있구나 새삼 존경스러워졌다.

역시 헌터 일을 오래한 만큼 몬스터의 종류도 많이 아는 모양이다.

"셋을 센다. 하나에 맞춰 일제히 킵보이의 밝기를 최대치로 켜."

그의 말에 다들 조용히 고개를 끄덕인다. 몬스터들이 달려오는 소리가 들려온다.

"셋……."

몬스터가 달려오는 소리에도 침착하게 카운트 다운을 한다.

"둘……."

몬스터의 소리가 더욱 가까워진다. 아이언 와일드 보어의 울음소리가 가장 가깝다.

"하나!"

그들이 동시에 자신들이 가지고 있는 킵보이의 밝기를 최대치로 켰다. 그 순간, 몬스터들의 모습이 보이고, 녀석들이 비명을 지른다. 어둠 속에서 갑자기 밝은 빛을 맞으니 버틸 재간이 없던 것이다.

"공격!"

다들 일제히 능력을 사용해 몬스터들을 향해 공격을 쏟아부었다. 높아도 C급의 몬스터라서 소탕하는 것까지 그렇게 오래 걸리지 않았다.

요란하지 않으면서 재빠른 공격에 몬스터들이 이렇다 할 행동도 하지 못한 채, 쓰러져 갔다.

"설마 킵보이의 밝기를 이용할 줄은 몰랐네요. 이런 식으로 사냥하는 건 처음 봤어요."

재현이 송우의 사냥법에 감탄했다. 설마 킵보이를 통해 간단히 몬스터를 무력화시킬 줄이야. 전혀 상상도 못 한 방법이다.

"사람마다 스타일이 다른 법이지. 대부분 임기응변으로 대처해야 할 때가 많으니까. 요즘 헌터는 이런 식으로 안 싸우나?"

송우가 한참 생각하다가 뭔가 생각났다는 듯 물었다.

"그러고 보니 자네는 파티를 거의 맺은 적이 없다지?"

"그건 어떻게 아셨어요?"

"자네와 힘을 합쳐서 일을 하려면 자네에 대해서 알아야 하니까. 헌관위에서 정보를 줬지. 신기하게도 자네는 혼자서 사냥을 나서던데."

"예. 수습 헌터 때하고, 중급 헌터 때, 아프리카 원정 때 외에 몇 번 있긴 한 것 같지만 그래도 열 손가락 안에 꼽네요."

혼자서 몬스터를 사냥하는 것보다 파티를 맺는 것이 손에 꼽을 정도다. 남들과 반대되는 상황이다.

오히려 혼자는 위험하기에 남들은 파티를 주로 맺는다. 그러나 재현은 달랐다. 혼자서 충분히 할 수 있기에 파티를 맺을 필요성을 많이 느끼지 못했다.

"그것 때문에 걱정이 됐는데 생각보다 잘 따라와 주니 고마울 따름이지. 오히려 더 도움이 되고 있으니까."

무엇보다 재현은 남들보다 헌터 경험이 부족하다고 말할 수 있었다.

3년이면 헌터에 대해 파악이 끝나고 한창 물이 올랐을 때이다.

슬슬 중급 헌터 시험을 보려고 준비할 시기라는 소리다. 그러나 그는 재능이 뛰어난 덕분에 남들이 겪어 보지 못한 어려움을 모른다.

그 때문에 큰 걱정을 했는데, 오히려 잘 따라오니 더 놀라울 따름이다. 역시 경험이 없다고 해도 괜히 세계 최단 기록으로 마스터 헌터에 오른 것이 아니다.

"그런가요?"

자신을 칭찬하는 소리에 재현이 부끄럽다는 듯 머리를 긁적였다. 잡담은 이것으로 끝. 송우는 계속해서 진격하기로 했다. 간혹 몬스터들이 나타났지만, 아까와 같은 방법으로 몬스터를 무력화시킨 후, 빈틈을 파고들어 간단히 소탕했다.

그렇게 얼마나 이동했을까. 노에아넨의 신호와 함께 송우가 손을 번쩍 들었다.

"나타났군."

하얀색의 거구의 덩치가 어둠 속에서 모습을 드러냈다. 스노우 트롤. 녀석은 일반적인 트롤과 존재부터 확연한 차이를 보이고 있었다.

녀석의 이름을 몰랐다면 같은 트롤이라고 생각하지 않았을 정도로 겉모습에 차이를 많이 보였기 때문이다. 아마 추운 지방에서 생존해야 하기 때문에 저렇게 진화되었으리라.

"다행히 트윈 헤드 오우거는 없는 것 같아."

그러나 흔적을 보면 스노우 트롤의 털이 아닌 다른 털도 상당히 많이 있다는 것을 알 수 있었다. 트윈 헤드 오우거의 털과 비슷한 것이 주위에 흩날려 있다는 걸 알 수 있었다. 잠깐 자리를 비운 것으로 판단했다.

"좋은 기회로군."

트윈 헤드 오우거까지 있으면 꽤 힘이 들었을 것이다. 다섯 명으로 트윈 헤드 오우거와 스노우 트롤을 함께 소탕하는 것은 거의 불가능하기 때문이다.

녀석이 그들을 발견하고 울부짖었다. 좁은 터널이 녀석의 괴성으로 가득 들어찬다. 녀석의 모습을 보고 압박감이 느껴졌다. 좁은 터널에 있으니 덩치가 더 커 보였다. 아마 일종의 착시 현상이리라.

"최대한 스스로의 환경에 맞춰 지내고 있었군."

송우의 시선이 한곳으로 향했다. 그곳에는 환풍구가 있으며 찬 공기가 들어왔다. 또한 몇 주째 수복을 못 한 탓에 물이 흐르는 것을 볼 수 있었다.

지하철과 지하도는 관리를 해 주지 않으면 물이 들어차게 된다는데, 이곳도 다를 바 없는 것 같았다. 완전히 침수되지는 않았지만, 선로를 타고 물이 흐르는 탓에 마치 에어컨을 틀어 놓은 것 같았다.

바람까지 불어오며 냉기를 가두고 있어 냉각 효과를 주고 있는 것이다. 슬슬 날씨가 추워지려는 것도 크게 한몫을 했다.

"크어어!!"

녀석이 자신의 가슴을 때리며 자신의 존재를 부각시키고, 송우가 소리쳤다.

"전투 준비!"

* * *

콰앙!

녀석의 몸이 폭발과 함께 화염으로 뒤덮였다. 새영이 바주카포를 만들어 낸 것이다. 녀석의 몸에 상처가 나고, 파편이 박혔다. 그러나 녀석의 상처는 금방 아물 것이다.

그 틈에 송우가 다시 검기를 날려 녀석의 가죽을 더욱 찢어 놓았다. 녀석의 피가 왈칵 쏟아진다.

송우는 녀석의 배를 쭉 찢어 놓고 재빨리 뒤로 물러났다. 뒤이어 재현이 바람을 이용해 녀석에게 빠르게 쏘아진다.

철로의 형태가 변하며 무기로 만들어진다. 재현은 그것을 뽑아 녀석의 몸을 찌른다.

그러나 그것만으로는 소용이 없었다. 가죽이 두꺼워서 상처를 입힌 곳이 아니면 제대로 박히지 않았기 때문이다.

"라이트닝 스톰!"

녀석의 주위로 푸른 빛줄기가 폭풍처럼 몰아친다. 녀석의 괴성이 울려 퍼진다. 재현은 다시 물러났다.

"유혁 씨!"

"맡겨 주십시오."

유혁이 능력을 사용해 녀석을 단단히 붙잡았다. 그러나 힘이 어찌나 힘이 센지, 버티기 힘든 듯 인상을 찡그렸다.

"고작 이 정도로 힘들다고 느끼다니. 나도 한물간 것 같군요."

"무슨 소리세요. 그 나이면 아직 청춘이죠!"

촤르르륵!

정훈이 손을 내뻗자 갑자기 사슬이 튀어나오며 녀석의

몸을 칭칭 감았다. 정훈이 다리와 팔에 능력을 사용했다. 그의 근육이 기괴할 정도로 부풀어 올랐다.

"큭! 이거 장난 아닌데?"

정훈이 인상을 찡그렸다. 두 명의 마스터 헌터가 붙잡고 있는데도 굉장히 힘이 강했다.

잠시 물러났던 송우가 도움닫기를 하며 녀석에게 뛰어올랐다. 그는 순식간에 녀석의 어깨에 올라탔다.

그의 검에서 피어오른 푸른색의 기(氣)가 휘황찬란하게 빛난다. 송우가 녀석의 목을 향해 검을 휘두른다.

"크어어어!"

스노우 트롤이 거칠게 움직인다. 녀석의 두 팔을 단단히 붙잡고 있던 정훈이 녀석에게로 미끄러져 온다.

"무슨 놈의 힘이……!"

녀석의 가죽이 찢어지고 있다. 그러나 어마어마한 회복력 덕분에 그것도 곧 아물어 버린다. 녀석은 상처를 입으면서까지 빠져나가려고 하고 있는 것이다.

"큭! 버티지 못하겠어!"

정훈의 사슬이 부서지고, 그 반발력에 유혁의 능력마저 허물어졌다. 덕분에 송우의 중심이 흐트러졌다. 그의 검은 녀석의 목을 살짝 스쳤을 뿐이었다.

"칫!"

송우가 녀석의 어깨를 박차고 뒤로 물러나며 땅에 발을 붙인다. 잠깐 붙잡았을 뿐인데 정훈의 얼굴에는 땀이 맺혀 있었다. 새영이 그가 사용하던 사슬을 만들어 내며 묻는다.

"그렇게 세?"

"엄청 나. 트윈 헤드 오우거도 이렇게까지는 저항 못 할 텐데."

"회복력이 이래서 무섭군."

다쳐도 금방 회복되니 그것이 더 무서운 것이다. 재현은 나이아스가 만들어 낸 정화수를 그들에게 건넸다.

"생각보다 오래 싸우네요."

"스노우 트롤 중에도 우두머리급 몬스터가 있는데, 아마 그놈이 아닐까 생각한다."

킵보이로 확인해 보았지만 그저 스노우 트롤이라고만 나타날 뿐이다. 아마 우두머리라는 명칭이 따로 없는 것 같다.

'하기야, 무리를 이루는 몬스터도 아니니 우두머리가 있다는 건 말이 이상하지.'

트윈 헤드 오우거가 없는 것은 정말 천만다행이다. 같이 있었다면 녀석들의 화를 잔뜩 돋운 채 후퇴를 감행해야 했을 것이다.

"아무래도 힘들 것 같군. 녀석의 수정체나 목을 노려야 하는데 여의치가 않아."

회복력이 너무 뛰어나서 한 번에 무찔러야 했다. 수정체를 파괴하거나, 목을 베어 버리는 것이다. 그러나 그러려면 최대한 시선을 분산시키면서 그 틈을 만들어야 했다.

송우가 재현을 바라보았다.

"정령사 중에 자신의 정령이 하급 정령들을 소환하는 경우가 있다고 하는데 가능하나?"

"음…… 그건 들어 본 적이 없네요. 나이아스, 그런 것도 가능해?"

"가능하지만 정령력 낭비야."

별로 효율이 뛰어나지 않았다는 결론이 나왔다. 특히 재현의 경우 더더욱 그러했다. 차라리 정령화를 통해 싸우는 게 몬스터에게 큰 데미지를 줄 수 있으니 말이다.

"그래도 필요하세요?"

"둘 정도만 더 있으면 될 듯하네. 한 번에 밀어 버릴 만한 힘이 필요한데, 힘을 낭비할 수는 없고. 그래도 가능하면 최대한 소환해 주겠나? 물의 정령이라도 데미지를 입힐 수 있으니까."

"아, 그래요? 그럼 많이 소환하죠. 그거라면 가능하겠네요. 물의 정령들아!"

그가 별로 대수롭지 않다는 듯 말한 후 정령들을 소환했다. 그리고 곧 송우의 눈이 커졌다. 다른 이들도 마찬가지였다. 그 이유는 간단했다.

재현의 주위로 수많은 물의 정령들이 하나둘씩 나타난다. 그리고 그 수가 점점 늘어난다. 모두 기가 막힌 표정으로 이것을 멀뚱히 바라보았다.

언뜻 봐도 수백의 물의 정령들이 나타난 것이다. 초급, 중급, 상급 정령들로 좁은 통로가 북적이기 시작했다.

"아니, 이런 게 있었으면 진작에 하지 그랬나!"

정훈이 따지듯 말했지만, 재현이 어깨를 으쓱였다.

"녀석의 이름에 '스노우'가 들어가서 수(水) 속성이 아예 안 통할 줄 알았죠. 통한다고 하니 이제 거리낄 것도 없을 것 같지만요."

통한다면 얘기는 다르다. 물의 정령들은 제한 없이 소환할 수 있다. 물론 정령력은 일절 소비되지 않는다.

오직 정령왕의 증표로 인해 정령들이 소환되는 것이니까. 이 힘으로 녀석에게 공격을 쏟아부어 버리면 될 일이다.

"얘들아, 공격해!"

"와아아아아!"

물의 정령들이 일제히 녀석들에게 몰려가며 공격을 감

행한다. 약하게는 아쿠아 애로우부터 강하게는 웨이브 커터까지. 엄청난 양의 물이 녀석에게 쏟아진다.

어찌나 많은 양의 수분을 요구하는지, 선로에 흐르던 물이 순식간에 마르는 것도 모자라, 주위가 건조해지기까지 했다.

"크어어!!"

엄청난 양의 공격을 맞으니 녀석도 정신을 차리지 못했다. 공격을 하려고 손을 휘둘렀지만, 물의 정령들에게 물리 데미지는 전혀 통하지 않는다. 대부분이 하급 정령들이지만 뭉쳐 있으니 상당히 무시무시했다.

"크어어어어!!"

재현은 녀석에게서 이상을 감지했다. 주위에 한기가 몰아친다. 재현은 이것이 스노우 트롤의 얼음의 숨결이라는 것을 직감할 수 있었다.

"애들아, 물에 가둬 버려!"

물의 정령들이 금방 녀석의 몸을 물로 둘러싸다. 녀석의 입에서 얼음의 숨결이 발사되고, 자신을 가둔 물이 순식간에 얼기 시작했다. 녀석은 꼼짝없이 갇히게 된 신세가 되었다.

하급 정령들은 이것을 마지막으로 힘을 다 쓴 듯 정령계로 사라졌다.

남아 있는 것은 중급과 상급 정령들뿐. 상급 물의 정령이 그에게 다가왔다.

"다음은 어떻게 할까요?"

"이제 가도 좋아."

"필요하시면 언제든지 불러 주세요."

"그래, 얘들아. 수고했어."

물의 정령들이 정령계로 사라진다. 수백의 물의 정령들이 사라지자 북적이던 선로가 다시 공허하게 느껴졌다.

송우가 꽝꽝 얼어 있는 녀석을 바라보며 자신이 생각한 감상을 말했다.

"내가 헌터 일을 오래 했지만 이런 황당한 광경은 처음이군."

다들 동감이라는 듯 고개를 끄덕였다.

# Chapter 06
# 서울의 여명 작전

몬스터 준동의 특징은 우두머리가 존재한다는 것이다. 그리고 그 우두머리의 명령에 따라 일제히 공격을 감행한다.

무리에서 가장 강한 몬스터가 우두머리가 된다는 것까지는 알지만, 어떻게 명령을 내리는 것인지 그 명령 체계에 대해서는 여전히 미스터리로 남아 있다.

몬스터들끼리 말이 통한다거나 교감을 하는 것이 아닌가 하는 의견도 있었지만, 과학적으로 증명된 것은 없다.

게다가 서로 말이 통했으면 몬스터 준동이라는 것 자체가 없었을 것이다. 몬스터끼리 서로 영역 다툼도 없고, 그들의 입장에서 가장 위협적이라 할 수 있는 인간을 몰아내는 것만 생각했을 테니까.

어쨌든 몬스터 준동의 특징 덕분에 때로는 그것을 통해 상황을 해결하기도 한다. 바로 우두머리를 소탕하는 것.

마스터 헌터들이 스노우 트롤을 소탕하기 무섭게 C급 미만의 몬스터들이 일제히 혼란 상태에 빠졌다. 그리고 이리저리 날뛰며 영역 싸움을 시작했다.

그 과정에서 C급 이상의 몬스터들에게 포식되어 갔다. 아무래도 우두머리 중 한 마리가 사라지면 연합이 깨지면서 다시 적으로 돌변하는 모양이었다.

새로운 사실을 알게 된 전문가들은 이번 사태에 큰 관심을 보였다.

언론도 이를 보도하기에 이르렀다.

[5인의 마스터 헌터들이 투입하여 몬스터를 이끌고 있는 두 마리의 우두머리 중 하나인 스노우 트롤을 해치웠다는 소식입니다. 스노우 트롤이 지휘하는 몬스터들이 이성을 잃고 날뛰고 있으며, 몬스터들끼리 서로 싸우고 있다는 소식입니다.]

몬스터들끼리 싸워 준다면 인간에게는 아주 좋은 소식이다.

서로가 서로를 해치워서 숫자를 줄이는 형국이니까. 이

이제이(以夷制夷)라는 말은 이럴 때 쓰는 말일 것이다.

[서울에 있던 몬스터의 대다수가 F~D급인 만큼 이번 사태로 인해 몬스터는 3천 정도로 줄어들 것으로 전망하고 있습니다. 하지만 일부 전문가들은 남아 있는 한 마리의 우두머리로 인해 다시 통합될 수 있다는 추측을 내놓고 있으며 주의를 당부했습니다.]

유례가 없으니 그것도 추측이다. 그러나 이것이 희소식인 것만큼은 확실했다.

만일 이대로 머릿수의 대다수인 몬스터들이 와해되면 일을 한층 더 쉽게 진행할 수 있기 때문이다.

그리고 일주일 후, 그 많던 몬스터들이 서로 치고받고 싸우다가 결국 숫자가 확연히 줄어들었다.

우두머리가 위기의식을 느끼기라도 한 것일까?

몬스터들이 한곳으로 집결하는 것을 확인하기 무섭게 각 부대에서 전진하여 강북을 빠르게 수복하기 시작했다.

남아 있는 몬스터들도 있었으나 샅샅이 뒤지면서 몬스터들을 색출해 내 소탕을 계속했다. 일부 지하철은 다시 운행하여 헌터와 군인들의 보급품을 원활하게 보급해 주었다.

몬스터들이 집결한 곳은 초안산. 미아역 지하철 안에서 머물고 있던 트윈 헤드 오우거가 꽤 먼 거리를 이동해 초안산에 둥지를 새로 튼 것이다.

“고도가 고작 100미터가 좀 넘는 곳이라지만 그래도 훨씬 유리한 위치에서 주둔하고 있군.”

송우가 대피 명령이 떨어진 아파트 옥상에 올라가 초안산을 살펴보며 한마디 했다.

언덕이냐 아니냐에 따라서도 피해가 확실히 다른데, 산이라면 막대한 피해가 예상되었다. 다른 몬스터도 아니고 C급 이상의 몬스터들이다.

초안산에 예상보다 많은 몬스터들이 살아남아 약 4,000여 마리의 몬스터가 주둔하고 있었다.

“상황에 따라서는 포격을 가할 수 있다고 하는데, 아직까지 특별한 말이 없는 걸 보면 가능성은 낮은 모양이지만.”

새영은 킵보이를 통해 실시간으로 정보를 확인했다. 마스터 헌터인 만큼 그들이 얻을 수 있는 정보는 상당히 방대했다.

이미 모든 포문이 초안산으로 향해 있었다. 국방부에서는 초안산에 모든 포격을 가할 생각인 것이다.

초안산에 강하고, 많은 몬스터가 모여 있는 만큼 대통령의 허가만 떨어지기를 기다리고 있을 것이다.

몬스터 준동 때와 확연히 다르다고 할 수 있었다. 숫자는 엇비슷할지도 모르지만, 질부터 다르다.

녀석들의 전력만 봤을 때, 그 어떤 몬스터 준동 때보다 강하고 어려운 일이 될 것이다.

"녀석들이 초안산에 박혀서 나올 생각을 하지 않고 있어. 아무래도 저곳에서 항전할 생각인 것 같군."

우두머리가 있다면 이런 간단한 작전도 짤 수 있다. 그래서 더욱 심각하다.

이들을 없애기 위해서는 위험을 감수하더라도 어쩔 수 없이 초안산으로 돌입해야 하기 때문이다.

"마침 국방부 장관이 작전을 위해 우리와 협력을 하겠다고 하니 작전 회의 때 서로 얘기를 맞춰야 할 거야."

장관급을 아무렇지도 않게 만난다는 것 자체가 재현에게는 상당히 낯선 일이었다. 그는 침을 꼴깍 목 뒤로 넘겼다.

이 날, 새로운 작전이 헌터와 군경들에게 하달되었다. 작전명은 서울의 여명.

명령이 하달되는 즉시 서울 완전 수복 작전이 시작되었다.

* * *

초안산 일대에 출입 금지 라인이 설치되었다.

본격적인 작전에 돌입하기 전, 헌터들이 라인 밖에서 몸을 숨긴 채 대기하는 중이다.

이제 곧 치열한 전투가 시작될 터라 다들 긴장한 기색이 역력했다.

재현도 손을 매만지며 잔뜩 긴장하고 있었다.

'하필이면 왜 오우거야.'

재현은 손가락을 꼼지락거렸다. 하필이면 우두머리가 오우거라니. 그는 오우거를 여전히 공포의 대상으로 보고 있었다.

정신을 차리고 한강에서 격전을 치를 때 오우거를 잡았다고 하는데, 재현은 그것을 전혀 몰랐다.

몬스터가 많아서 최대한 강한 공격을 사용했는데, 오우거가 그 바람에 날아가 한강에 빠져 소탕할 수 있었다.

아주 우연히 뒷걸음치다가 잡은 격이다. 그의 의지로 잡은 것이라고 볼 수 없다.

트윈 헤드 오우거도 오우거다.

생김새는 다르다고 하지만, 그래도 오우거라고 생각하니 계속 불안했다.

'스노우 트롤 때 트윈 헤드 오우거가 있으면 어쩌나 했는데…….'

그때 스노우 트롤만 있다는 것에 굉장히 안심했던 재현. 이제 정말 트윈 헤드 오우거를 볼 수 있다는 생각에 벌써부터 공포가 그를 잠식해 들어간다.

덜덜덜덜덜.

그가 다리를 심하게 떨었다. 누가 보더라도 불안해하고 있는 것이 확연히 보일 정도였다.

"마스터 헌터가 긴장해서 되나?"

팡!

정훈이 그의 등을 때렸다. 재현은 갑작스러운 충격에 앞으로 살짝 꼬꾸라졌다.

"뭐하는 짓이에요?"

"긴장 좀 풀라고. 몸이 너무 굳어 있어서 말이지. 다른 헌터들이 네 얼굴 보고 겁먹을 것 같다."

정훈은 장난스럽게 웃고 있었다. 나름 긴장을 풀어 주려고 했던 것 같다.

확실히 긴장은 어느 정도 풀리기는 했지만, 그렇게나 자신이 긴장해 있었나 생각했다.

'그래, 그건 나중에 생각하자. 정신 차리자, 재현아!'

재현이 손바닥으로 자신의 뺨을 힘껏 때렸다. 짝! 소리가 울려 퍼진다. 정훈이 이를 보고 씩 웃어 주었다.

"그래, 사나이답구만. 마스터 헌터가 긴장하면 아래 사람들도 되려 긴장해서 말이지. 최대한 여유로운 모습을 보여 줘. 그게 마스터 헌터의 무게라는 거니까."

마스터 헌터들은 가장 앞에서 몬스터들을 퇴치하는 역할을 맡았다. 그 뒤에는 상급, 중급, 초급, 군인 순으로 대기 중이다.

이번 작전은 각자 맡은 구역에서 몬스터들을 소탕하는 것이다. 몬스터들도 등급을 나눠서 방어선을 구축한 상태였다.

초입에 C급을, 중간에서 B급을, 막바지에 A급 몬스터를 소탕해야 했다.

마스터 헌터들의 주목적은 A급 몬스터 소탕과 함께 우두머리를 잡는 것이다. 등급이 높을수록 부담스럽고 힘든 작전이었다.

초급 헌터와 군인들은 몬스터들이 밖으로 나가지 못하는 임무를 맡았다. 초인산 주변을 포위하여 한 마리의 몬스터도 빠져나가지 못하게 하는 것이다.

피해를 최소화하고, 효율적인 소탕을 위해 이렇게 작전을 하기로 결정했다.

게다가 이번에 완전히 서울을 수복하고자 국방부에서도 모든 전력을 기울이기로 발표했다.

일제히 포격을 가해, 몬스터들에게 최대한 데미지를 주

고서 공격하는 것이다.

푸다다다다닥—! 쉬이이이잉—!

전투 헬기와 전투기가 날아오는 소리가 들린다.

전투 헬기가 초안산 일대를 뒤덮으며 제자리에서 비행한다. 그리고 곧 모든 화력을 집중하기 시작했다.

미사일과 대구경 총알이 발사된다. 순식간에 공격을 마친 전투 헬기들이 일제히 빠져나가며 뒤이어 주위를 선회하던 전투기가 폭격을 실시한다.

쾅쾅쾅!

파괴자가 나타났을 때 펼쳤던 한강 방어 작전이 떠올랐다.

그때와 차이점이라면 그때는 강에서 폭격을 한 것이고, 지금은 산에 폭격을 하고 있는 것뿐이다.

폭발음도 더 크게 들리는 것 같았다. 산에서부터 바위와 부서진 나무 기둥이 날아온다.

몬스터들이 전투기를 향해 던지는 것이다. 하지만 전투기는 빠르게 움직여 맞추기는 불가능할 것이다.

곧 전투기의 공격도 끝이 나고, 재빨리 자리에서 벗어난다.

얼마 떨어지지 않은 곳에서 폭발음이 연이어 들려왔다. 박격포를 발사하는 소리다.

더 먼 거리에서는 자주포까지 배치했다고 한다. 곧 초안산을 향해 수백 발의 포탄이 날아들었다.

콰아아앙!

수백 발의 포탄이 초안산에 일제히 꽂히며 폭발했다.

공중에서 포탄이 일제히 폭발한다. 백린탄을 사용한 것이다. 불꽃이 나무에 떨어지며 화재를 일으켰다. 산불이 걷잡을 수 없이 번졌다.

투둑!

재현은 콧잔등에 차가운 물방울이 떨어지는 걸 확인하고 하늘을 바라보았다. 우중충했던 하늘에서 비를 뿌리고 있는 것이다.

"최악이군. 하필이면 비가 오다니."

일기예보에서는 저녁에나 비가 온다고 예측했는데 완전히 빗나갔다. 시기가 좀 좋지 않았다.

소나기도 아니고 1분도 되지 않아 호우가 내렸다. 산불을 일으키는 것은 이번 작전의 핵심이었다.

불로 태워 죽이고, 연기로 질식시키려고 했던 것이다. 민가에 번지지 않도록 소방관들도 배치된 상황.

저녁에 비가 내리면 산불도 금방 진화할 테니 걱정은 하지 않았다. 그러나 생각보다 일찍 비가 시작된 탓에 그 효과가 미비할 것으로 보았다.

"와~ 비 온다!"

이와 중에 가장 신난 것은 나이아스였다. 나이아스는 비가 반가운지 이리저리 돌아다녔다. 비가 오는 날에는 기분이 좋아지는 나이아스다.

상황에 맞지 않게 좋아하는 모습을 보고 재현이 피식 웃었다.

잔뜩 긴장하고 있던 헌터들도 그 모습을 훈훈하게 바라볼 뿐이다. 그러나 비가 온다고 꼭 좋은 상황만은 아니었다.

불을 사용하는 능력자들에게는 매우 나쁜 소식인 것이다. 셀레아나처럼 불을 사용하는 일부 능력자들이 비를 피하려고 허둥지둥 움직이며 우비를 찾았다.

비가 오는 날 불을 다루는 능력자들의 능력은 절반 이하로 뚝 떨어지기 때문이다.

"셀레아나. 일단 들어가 있는 게 좋을 것 같아."

"응. 알았어. 필요할 때 날 불러 줘."

재현은 고개를 끄덕이며 셀레아나를 역소환했다. 지금 당장 힘을 쓸 수 없으니 일단 정령계로 돌아가 있으라는 재현의 말에 셀레아나도 찬성했다.

"그래도 헬기와 전투기가 모든 공격을 마치고 내리는 거라서 다행이네요."

재현의 말에 송우가 고개를 끄덕였다.

지금과 같이 억세게 내리는 호우에 헬기와 전투기가 뜰 수 있을 리 만무했다. 모든 공격을 다 쏟아붓고 비가 내리는 것만 해도 천만다행이다.

"이동!"

송우가 이동 명령을 내리자 모두가 자리에서 일어나며 초안산을 향해 이동했다.

비가 억세게 쏟아지는 덕분에 시야가 보이지 않는다. 하지만 그것은 몬스터도 마찬가지일 것이다.

오히려 지금 내리는 비는, 몬스터들의 장점을 확 낮춰 버리는 것이었다.

청각과 후각이 비 때문에 둔감하게 되는 것이다.

몬스터들은 청각과 후각에도 크게 의지한다. 꼭 인간에게 나쁘다고만은 할 수 없는 것이다.

다행히 초안산까지 그리 헤매지 않고 갈 수 있었다. 산불이 점점 사그라지고 있지만, 그 불빛을 향해 가면 되기 때문이다.

그렇게 한동안 이동하니 곧 킵보이에서 반응이 왔다. 정면에 몬스터들이 다수 포착된 것이다.

"나이아스. 네가 활약할 때야!"

"맡겨 둬!"

"리턴 웨이브!"

파도가 몰아친다. 비로 인해 가려져 있던 녀석들이 일제히 재현이 있는 곳으로 끌려왔다. 그중 일부는 폭격에 맞아 죽은 시체도 있었다.

파도에 떠밀려 온 몬스터들은 갑작스러운 상황에 뭐가 어찌 된 것인지 모른 채 어리둥절해하고 있었다.

"실라이론, 블레이드 토네이도!"

작은 회오리가 몰아치며 한곳에 모인 몬스터들을 공격한다. 몬스터들은 분쇄기에 넣어진 것처럼 순식간에 갈려갔다. 영 보기 좋은 모습은 아니었다.

"입구에서부터 숫자가 만만치 않군요."

유혁이 몬스터들이 보이는 즉시 능력을 사용하며 녀석들을 해치워 나간다.

C급 몬스터로 이루어진 녀석들이 대다수이다 보니 숫자가 만만치 않았다.

지금 이 상황에서도 킵보이는 쉴 새 없이 몬스터의 반응을 알려 왔다.

전투 소리를 듣고 몬스터들도 이쪽으로 몰려오고 있는 것이다.

헌터와 군인들이 정해진 위치에 하나둘 자리를 잡기 시작하고, 안전하게 몬스터들을 저지하기 시작했다.

몬스터들을 원활히 처리하는 것을 확인한 송우가 소리쳤다.

"나머지는 이동!"

초급 헌터와 군인들 위주로 초안산에 자리를 잡고, 중급 헌터 이상은 다시 이동을 시작했다.

100미터 정도의 산이지만, 절대 방심할 수 없다.

호우로 인해 몬스터들의 인기척을 재빨리 알아챌 수 없는 만큼 헌터들은 킵보이에 의존하며 산을 올랐다.

산 중간. 이제 중급 헌터들이 남아서 격전을 치러야 하는데, 그들의 눈앞에 대형 몬스터가 나타났다.

"역마귀? 저건 A급 몬스터잖아!"

정보에 의하면 A급 몬스터는 산 정상쯤에 있다고 한다. 아직 가려면 조금 더 남았는데, 벌써부터 A급 몬스터가 있으니 의아했다.

A급 몬스터는 한 마리만이 아니었다. 뒤이어 A급에 속하는 몬스터들이 나타났다.

그중에는 트윈 헤드 오우거도 섞여 있었다.

"예상과 다르게 나오는군!"

산 정상 어딘가에 있을 것이라 예상했던 트윈 헤드 오우거가 중간에 나타났다.

트윈 헤드 오우거만이 아니라 A급 몬스터도 다수 내려

온 상태였다. 아마 폭격이 시작되었을 때 산 정상을 위주로 노렸기 때문에 내려온 것이 아닐까 싶었다.

모든 작전이 생각대로 되는 경우는 적었다. 이번에도 마찬가지였다. 오히려 작전이 잘 진행되면 의심해 봐야 할 일이다.

"다행히 A급 몬스터는 트윈 헤드 오우거를 제외하고 열 마리. 상급 헌터들이 뭉쳐서 공격하면 충분히 격퇴할 수 있어."

용의 소탕에서 막대한 피해를 입은 상급 헌터지만, 그래도 A급 몬스터를 처리할 숫자는 충분히 되었다. 문제는 여기서 최대한 피해를 입지 않아야 한다는 것이다.

'트윈 헤드 오우거를 먼저 없앤다!'

마침 녀석이 앞에 나와 주었으니 좋은 일이다. 녀석만 잡는다면 모든 몬스터들이 순식간에 와해되고 몬스터들의 연합이 깨질 것이다.

A급 몬스터들도 마찬가지다. 트윈 헤드 오우거를 소탕하고 곧바로 후퇴한 후, 며칠 뒤에 다시 공격하면 한 번에 없앨 수 있다.

그것이 몬스터 준동 때 마스터 헌터들이 하는 역할이다.

"중급 헌터들은 B급 몬스터를, 상급 헌터들은 A급 몬스터들을 맡아!"

송우의 외침을 신호로, 몬스터들이 일제히 달려들기 시작했다. 헌터들도 결전을 위해 함성을 지르며 몬스터들에게 달려든다.

서울 완전 수복을 위한 마지막 전투가 시작되었다.

"유혁 씨, 녀석을 붙잡아 주세요!"

송우가 가장 먼저 트윈 헤드 오우거에게 돌진하며 시선을 끌었다.

"예, 알겠습니다!"

유혁이 준비하고 있었다는 듯 손에 힘을 쥐며 팔을 아래로 내린다.

그 즉시 녀석의 움직임이 둔감해지고, 녀석이 딛고 있는 땅이 움푹 파인다. 중력을 가해 녀석의 움직임을 둔화시키는 것이다.

"정훈!"

"맡겨 둬!"

정훈도 움직였다. 그의 오른팔이 부풀어 오르며 녀석의 복부를 향해 힘껏 내질렀다.

퍼억!

육중한 소리가 들려온다. 녀석의 입에서 피가 토해지며 몇 걸음 뒤로 물러난다. 그 즉시 새영이 뭔가를 만들어 냈다. 그녀의 손에는 활과 화살이 들려 있었다. 화살에는 줄이 걸려 있었다. 그녀는 시위에 화살을 걸며 손을 놓았다. 시위에 걸려 있던 화살이 녀석의 몸을 꿰뚫는다.

"과녁이 크니까 좋네. 대충 쏴도 맞아."

여러 번 원하는 위치에 화살을 맞춘 그녀가 줄을 잡아 당겨 재빨리 주위에 있던 나무와 바위에 여러 겹으로 걸었다.

녀석이 움직이지 못하도록 정훈도 나섰다. 그가 몸에 두르고 있던 사슬을 녀석에게 던져 포박했다.

"크워어어어!!"

"이제는 움직이지 못하겠지?"

트윈 헤드 오우거는 속전속결로 끝내야 한다. 녀석의 가장 무서운 점이라면 폭발적인 힘을 끌어 올리는 것이다.

녀석은 머리를 한 개 잃게 되면 엄청난 힘을 낼 수 있기 때문이다. 한 번에 머리 두 개를 날린다면 금방 이 사태를 진정시킬 수 있다.

송우가 녀석의 머리를 하나!

좌악!

그의 일격에 녀석의 머리가 땅에 뒹군다. 나머지는 재현에게 맡기면 된다!

"박재현! 머리를 날려!"

회심의 미소를 짓는 송우. 그러나 어찌 된 일인지, 트윈 헤드 오우거에게 공격이 날아올 기미가 보이지 않았다.

어찌 된 것인가 뒤를 바라보니 재현은 입을 벌린 채 아무것도 하지 못하고 있었다. 종류는 다르지만 오우거.

여전히 그는 오우거에 대한 트라우마를 벗어나지 못한 것이다.

아마 트윈 헤드 오우거를 목격하고 난 후부터 저 상태였을 것이다. 정령들이 그를 흔들었지만 그의 상태는 좋아질 기미가 보이지 않았다.

"크워어어어!!"

"이런!"

녀석이 분노하며 하늘을 향해 소리를 질렀다. 폭발적으로 상승한 녀석의 힘. 몸을 단단히 붙잡고 있던 중력과 사슬들을 싹 무시해 버리고 모두 풀어 버렸다.

녀석의 눈이 충혈되며 가만히 있는 재현을 향해 달려든다. 송우가 인상을 찡그리며 지면에 착지하며 재빨리 재현에게로 향했다.

녀석보다 조금 더 빨리 도착한 그가 재현의 몸을 발로 걷어찼다.

재현의 몸이 크게 날아간다. 트윈 헤드 오우거의 주먹이 방금 전 재현이 있던 곳에 꽂힌다.

흙탕물이 허공에 튕겨 오른다. 송우가 인상을 찡그리며

검을 휘두른다. 그의 검은 녀석의 살을 베지 못했다. 재현은 녀석의 주먹에서 간신히 벗어날 수 있었지만, 여전히 공황 상태에 빠져 있었다.

"정신 차려!"

정훈이 그의 뺨을 힘껏 후려친다. 재현은 그제야 멍한 상태에서 벗어날 수 있었다.

"바보 같은 놈. 고작 오우거에게 정신을 못 차려서야!"

헌터를 하게 되면 누구나 트라우마를 가지고 있는 몬스터는 반드시 있다.

실력이 월등히 좋아져서 자신을 죽음에 이르게 만든 몬스터를 어렵지 않게 잡을 수 있게 되어도 제 실력을 못 내는 헌터도 꽤 된다. 하지만 그것을 이겨 내는 헌터도 상당수 있다.

트라우마를 극복하는 헌터들은 이를 밑거름 삼아 다음 진급까지 올라설 발판을 마련한다. 그러나 재현은 달랐다.

3년 만에 마스터 헌터가 되어 경험이 남들보다 적었다. 이곳에 투입된 대부분의 중급 헌터들보다 헌터로 지낸 기간이 적을 것이다.

그는 트라우마를 벗어날 만큼의 시간을 겪지 못하고 고공 행진만 했을 뿐이니까.

'현주 씨가 말한 문제점이 딱 드러나는군.'

현주와 사적으로 대화를 할 때 재현에 대한 얘기를 들어 본 적이 있다.

누가 보면 빠르게 진급한 천재로 볼 수 있지만, 그로 인한 단점이 많이 존재한다는 것을. 초급 헌터 때 경험과 중급 헌터 때의 경험, 상급 헌터 때의 경험은 각자 다르다.

재현은 이 과정을 전부 거치지 않은 채 마스터 헌터가 되었다. 작은 일에도 무너지기 쉬워서 그녀가 그것을 극복하기 위한 방법을 알려 주려고 했었다.

'하필이면 이럴 때…….'

그것은 마스터 헌터들이 알려 줘도 된다. 그러나 지금은 그럴 상황이 아니다. 목을 하나 잃게 된 트윈 헤드 오우거가 괴성을 지르며 폭주하기 시작한 까닭이다.

"재현아!"

나이아스가 다급히 그에게 소리쳤다. 녀석이 다시 재현에게 달려드는 까닭이다. 가장 약해 보이는 인간을 노리는 모양이다.

"으아아!"

재현의 주위로 거대한 방어벽들이 연이어 만들어졌다. 몇 개나 되는 벽들이 만들어지며 트윈 헤드 오우거의 공격에 방어한다.

"이봐, 정신 차……."

정훈이 그를 말리려고 했지만, 송우가 그를 제지한다. 왜 제지하느냐는 듯 바라보는 정훈. 송우가 조용히 입에 손을 갖다 대었다.

정훈은 곧 그가 왜 제지한 것인지 알 수 있었다. 그에게서 이상한 반응이 감지되고 있는 것이다.

그의 몸이 점점 알 수 없는 문신들로 번져 갔다. 현주의 말에 따르면 계약의 증표라고 했던가?

그 증표들이 하나가 되어 섞여 갔다. 그리고 밝은 빛을 뿜어내고, 정령들에게서도 이상한 반응이 나타났다.

"뭐야, 저게……."

정령들의 이마에서 거대한 기운들이 모이기 시작했다. 말로 표현하기 힘들 만큼 강렬한 기운이라는 것은 확실했다.

"나도 알아."

재현이 낮게 읊조린다.

"내가 오우거보다 강하다는걸."

그는 현실을 바라보기로 했다. 자신이 강하다. 예전과 지금은 다르다. 그는 이미 오우거를 잡을 충분한 힘을 가지고 있다.

"더 이상 겁쟁이처럼 있지 않아."

그는 마음속 깊이 잠재한 두려움을 딛고 억지로 일어났

다. 자신의 정령력이 쉴 새 없이 빠져나가고 있다는 자각도 못 한 채…….

녀석과 눈이 마주친다. 그러나 이번에는 넋을 놓지 않는다. 오금이 저리고, 두려운 건 분명히 있다. 그러나 이대로 가만히 있지 않을 것이다. 그가 소리쳤다.

"오우거에게 지지 않아!!"

콰아아아!

말로 표현할 수 없을 정도로 강렬한 여파가 파도처럼 사방으로 퍼지고, 그 힘이 곧 트윈 헤드 오우거를 집어삼켰다.

유지된 시간은 고작 몇 초였지만, 그들에게는 억겁과도 같은 시간이었다. 날아가지 않기 위해 억지로 버텼다.

나무 몇 그루가 뽑혀 날아갔지만, 정훈이 사슬을 이용해 버틴 결과 아무도 날아가지 않을 수 있었다.

"도대체 뭐가 어떻게 된 거야?"

다들 벙찐 표정으로 도저히 믿을 수 없는 광경을 목격하고 있었다. 송우가 기절한 재현을 바라보며 곤란한 표정으로 고개를 가로저었다.

"이거, 거하게 저질렀군."

트윈 헤드 오우거를 처리한 것까지는 좋았으나, 그가 벌인 일을 어떻게 해야 할지 난감해하고 있는 것이다. 그의 힘이 닿은 산의 지면이 뻥 뚫려 있었다. 그 너머로 하늘에도 부자연스러운 광경을 목격할 수 있었다.

하늘이 찢겨졌다고 말해야 할까? 그의 어마어마한 능력에 다들 할 말을 잃었다. 몬스터들이 이지를 상실하고 여기저기 와해되어 가는 것이 보였다.

그가 토해 낸 힘으로 인해, 초안산의 일부가 사라졌다. 그리고 하늘이 찢겨졌다. 이것을 어떻게 설명해야 할까. 곤란한 표정을 지우지 못한 채 침묵하는 송우였다.

이 날 공식적으로 초안산의 고도는 30미터가 낮아졌다.

대출몰에 출몰한 몬스터들이 우두머리의 소탕과 함께 와해되었다. 초안산에는 아직 몬스터들이 잔류해 있지만, 남은 몬스터의 소탕도 금방일 것이다.

서울 깊숙이 아직도 몬스터가 활보하는 가운데, 군 병력과 헌터들은 쉬지 않고 돌아다니며 몬스터 소탕에 여념이 없다.

그래도 서울은 이제 다시 원래 모습을 찾아갈 것이다.

강남은 복구하려면 꽤 오랜 시간이 지나야 할 것이다. 전술핵과 다름이 없는 용의 숨결로 인해 완전히 잿더미가 되었다.

서울을 다시 찾은 사람들은 자신이 알고 있는 서울과 전혀 다른 모습에 충격을 받은 상태였다.

이번 대출몰은 전 세계적으로 일어난 만큼 큰 이슈다. 한국의 수도는 파괴자와 몬스터 출몰로 인해 완전 폐허나 다름이 없었다.

임시 수도는 현재 부산. 서울이 복구될 때까지는 실질적인 모든 업무는 부산에서 하게 될 것이다.

약 네 달에 걸친 대혼란. 이 기간 동안 사상자 집계도 이루어지며 뉴스로도 계속 보도되었다.

생존의 시대는 2년에 걸친 대혼란 시대였던 것에 비하면 이번에 일어난 파도의 시대는 기간은 짧았으나, 피해는 생존의 시대와 거의 엇비슷했다.

인명 피해, 재산 피해는 물론 수많은 이산가족들이 생겨나고, 사람들이 길거리에서 노숙하는 것도 낯선 일이 아니게 되었다.

국가 애도 기간을 갖게 되면서 국내의 일이 마무리되었지만 한 가지 더 문제가 생겼다.

[긴급 속보입니다.]

모든 이들이 라디오에 귀를 기울였다.

[북한산 정상에서 알 수 없는 공간이 만들어졌다고 합니다. 목격자에 따르면 금일 오후 1시, 초안산에서 몬스터의 소탕이 마친 후, 한 시간 전후로 이 현상이 발생했다고 합

니다. 북한산 인근의 국민들은 또다시 피난 행렬을 시작했습니다. 헌터들은 또다시 긴급 소집 되어 북한산으로 집결하고 있습니다. 전문가들은 용이 나타났을 때와 같은 현상이라고 보고 있으며, 헌관위에서는 자세한 확인을 위해 헌터들을 선발해 정찰을 보냈다고 합니다. 자세한 소식이 들어오는 즉시 보도해 드리겠습니다.]

그 소식은 아직 안심하기에는 이르다는 것을 알려 주고 있었다.

웨에에에엥—!

서울 일부 지역에 사이렌이 울려 퍼졌다.

* * *

"그건 그렇고……."

재현은 땅에 그냥 주저앉은 채 정면을 바라보고 있었다. 그의 앞에는 익숙한 이 한 명과 낯선 이가 세 명이나 있었다.

한 명은 물의 정령왕인 엘라임이고, 다른 이들은 엘라임과 다른 속성의 기운을 가지고 있는 정령왕들이었다.

엘라임은 다시 만나서 반갑다는 듯 재현에게 손을 흔들고 있고, 다른 정령왕들은 호기심 어린 눈으로 그의 이곳저곳을 살펴보고 있었다.

"오호, 이 인간이 엘라임이 점찍은 후계자라고?"

빨간 머리의 여성형 정령이 재현을 다리부터 머리까지 샅샅이 살펴본다.

"인간인데 어마어마한 재능을 가지고 있어. 재능을 제대로 살린다면…… 이 인간과 계약한 정령들도 크게 될 것 같아."

연두색 머리의 여성형 정령은 재현의 뺨을 꼬집으며 호호 웃고 있다. 마치 어린애를 다루는 것 같은 모양새다. 그런데 기분이 나쁘지 않다는 게 신기했다.

"확실히 탐낼 만도 해. 내가 먼저 찍어 뒀어야 하는데. 아쉬울 정도로."

갈색 머리의 남성형 정령이 팔짱을 낀 채 내려다보고 있었다.

각자 반응은 달랐다. 재현은 엘라임을 바라보며 물었다.

"저기…… 전 어떻게 반응하면 되는 거죠?"

갑작스럽다고 해야 할까. 정신을 차려 보니 그들과 마주한 재현이다.

어디인지는 자세히 모르지만 최소한 자신이 아는 한국의 모습은 아니다. 또다시 정령계로 오게 된 것 같았다. 다만 정령의 호수가 아닌 다른 곳 같았다.

“보아하니 전부 정령왕이신 것 같은데…….”

정령왕이 무려 네 명이나 나타났다. 나타났다고 해야 하나, 자신이 소환되었다고 해야 하나. 그런 애매한 생각을 하면서 엘라임이 미소를 짓는다.

“당황스럽니?”

“예. 꽤나요.”

뭘 당연한 걸 묻느냐는 듯 바라보는 재현. 엘라임이 멋쩍게 웃으며 손뼉을 쳤다.

“자, 그럼 각자 자기소개를 하도록 하지.”

엘라임의 말이 끝나기 무섭게 정령왕들이 자신을 소개했다. 가장 먼저 빨간 머리의 정령왕이 자신의 가슴에 손을 얹으며 자랑스럽게 소개했다.

“불의 정령왕 샐리온이라고 한단다. 모든 세계의 불을 관장하고, 조율하고 있지.”

이어서 연두색 머리의 정령왕.

“바람의 정령왕 실피드라고 해. 그나저나 부드럽구나?”

실피드는 여전히 재현의 뺨을 매만지고 있었다.

기분이 나쁘지도 않고, 오히려 좋았다. 자신이 정령들의 머리를 쓰다듬을 때, 정령들도 이런 느낌일까 싶었다.

갈색 머리의 정령왕은 팔짱을 풀지 않고 헛기침을 하며 자신을 소개한다.

"땅의 정령왕 노아스라고 한다."

그리고 그들의 시선이 재현에게 집중되었다. 재현은 멋쩍은 표정으로 자리에서 일어나며 자신을 소개했다.

"인간 정령사 박재현이라고 합니다. 나이아스, 썬더라스, 메타리오스, 노에아넨, 다크니아스, 셀레아나, 실라이론과 계약했습니다."

"그것참 많이도 계약했군!"

노아스가 껄껄 웃으며 한마디 한다. 재현도 참 많이 계약했다는 걸 느끼고 있었다.

"어차피 계약의 증표로 다 알 수 있지만."

굳이 말하지 않아도 이미 다 알고 있었다는 듯 조용히 미소 짓는 실피드. 실피드는 재현의 뺨에서 손을 떼며 머리를 뒤로 넘겼다.

"엘라임이 하도 인간 후계자에 대한 자랑을 해서 말이야."

"어떤 아이인지 궁금해서 이번에 몬스터들을 잡으러 가는 모습을 다 같이 지켜봤지."

"게다가 일을 아주 거하게 했던걸? 설마 쿼드라 기가(Quadra Giga)까지 사용할 줄은 전혀 몰랐는데 말이야."

그들은 왁자지껄 떠들었다. 엘라임이 후계자를 잘 봤다는 둥, 자기가 먼저 알고 접근했어야 했다는 둥. 자신을 부른 이유가 고작 그런 것인가…… 이를 황당하게 생각하면서 그가 손을 들었다.

"저기…… 대화 중 죄송한데 질문 하나 드릴게요."

그들의 시선이 다시금 재현에게 향하자 아까부터 궁금했던 것을 물었다.

"쿼드라 기가가 뭔가요?"

그게 뭐냐는 듯 바라보는 재현. 그의 반응에 오히려 놀란 것은 정령왕들이었다. 엘라임도 그것을 몰랐냐는 듯한 반응이다.

"아니, 그걸 모르고 썼다는 거야?"

"그럴 수 있나? 쿼드라 기가를 우연으로 사용했다고?!"

"엘라임. 설마 트리플 기가도 안 알려 준 거야?"

놀라는 와중 이번에는 모두의 시선이 엘라임에게 향했다. 엘라임이 곰곰이 생각하다가 고개를 끄덕였다.

"그러고 보니 알려 준 적이 없네."

그 말에 더 난리가 났다. 그들이 말도 안 된다며 떠들기 시작했다.

'인간이나 정령왕이나 대화하는 건 거기서 거기네.'

정령왕들끼리 꽤 친할 테니 그러려니 했다. 억겁의 세월을 함께했으면 충분히 친하겠거니 스스로 이해한 것이다.

반대로 사이가 나쁜 정령도 있지 않을까, 라는 생각을

하며 이 모습을 쭉 지켜보는 재현. 한참 자신에 대한 대화를 하다가 그들이 재현을 바라보았다. 실피드가 재현에게 다가오며 그를 꼭 끌어안았다.

"혹시 물의 정령왕 말고 내 후계자가 될 생각이 없니?"

"읍! 읍!"

꽉 끌어안아 숨을 쉴 수 없었다. 영혼인 상태에서도 숨을 쉴 수 없다는 걸 처음 알게 된 재현이었다.

"실피드!"

"아냐. 나와 하자."

"샐리온! 너까지?"

샐리온이 실피드에게서 재현을 빼앗으며 꼭 끌어안는다. 노아스가 힘으로 그를 끌어내며 어깨동무를 한다.

"하하하! 그러지 말고 나와 하는 건 어떠냐? 대지를 관장하면 심심할 일은 없을 게다. 각 세계의 종족들의 역사가 아주 흥미로우니까. 바다도 넓지만 흥미를 끌 만한 건 없지 않느냐."

"하아……."

엘라임은 깊은 한숨을 내쉬며 고개를 저었다. 그러면서 언뜻 재현을 바라보는 시선이 넘어가지 말기를 바라는 표정이다. 재현은 그들에게서 간신히 벗어난 후에 고개를 저었다.

"물의 정령왕이 될지 말지 결정도 안 했는데…… 선뜻 받아들이기는 힘드네요."

오히려 그 제안들은 부담스러울 따름이다. 다른 정령사들은 어떨지 모르겠지만, 최소한 재현은 그러했다. 다들 아쉽다는 듯 입맛을 다셨다.

"그럼 거래를 하도록 하자."

샐리온이 거래라는 말을 꺼내자 재현이 의아한 듯 바라본다.

"우리의 부탁을 들어주면 정령 폭렬을 알려 주도록 하지."

"예?"

"방금 말한 쿼드라 기가 말이다. 그것을 사용하기 위한 기초가 되는 것이 정령 폭렬이라고 한다. 보아하니 우연으로 사용한 것 같은데, 제대로 알려 주겠다는 뜻이다."

꽤 괜찮은 제안이라고 보면 되었다. 그러나 굳이 그럴 필요가 있나 싶었다.

"그건 물의 정령왕께서 알려 주면 되는 것 아닌가요?"

"윽!"

샐리온이 찔리는 표정으로 몇 걸음 물러난다. 설마 정령왕 앞에서 이렇게 냉철한 판단을 내릴 줄은 몰랐다.

"……머리가 좋구나."

"머리가 좋다기보다는 손해를 보는 걸 싫어하다 보니 잔머리가 조금 있다고 쳐 두죠."

"그러나 수 속성은 어떻게 한다고 해도 다른 속성까지는 힘들 것 아니더냐."

"수 속성과 똑같이 다른 속성도 응용하면 되는 거 아닌가요? 정령 일체화를 해 보니 다루는 건 비슷비슷하던데요."

"……."

재현이 즉답하자 샐리온이 할 말을 잃었다. 정령 일체화를 하면서 재현은 정령들이 능력을 어떻게 사용하는지 잘 알게 되었다.

엘라임이 알려 주기만 하면 충분히 따라서 할 수 있다는 뜻이다.

"어둠의 정령들은 정말이지. 반칙이야!"

샐리온이 몸을 획 돌렸다.

'……삐친 건가?'

설마 정령왕이나 돼서? 그럴 리 없다고 생각했지만, 행동과 표정을 보니 그의 정령들이 삐친 것과 똑같은 반응이었다.

정령왕이라고 해도 다른 정령들과 크게 다를 바 없는 것 같다고 생각했다. 정령왕이라고 해도 참으로 친숙한 존재로 여겨져 절로 미소가 드리워졌다.

"……그 표정은 뭐니?"

샐리온은 재현의 표정을 보고 한마디 했다. 그가 미소를 지으며 대답했다.

"아뇨. 좀 친숙한 모습이다 싶어서요."

살짝 실례되는 행동일 수 있지만 정령왕들은 딱히 그런 생각이 없는 것 같았다.

"마치 옛 계약자 같은 표정을 짓는구나."

"계약자가 있었어요?"

샐리온에게 계약자가 있었다는 말에 재현이 놀란 표정을 지었다. 샐리온은 놀랄 만한 일이 아니라는 듯 대답했다.

"물론. 우리 같은 정령왕과 계약한 계약자들이 다른 세계에 몇 있지."

"그때를 생각하니 그립군."

다들 고개를 끄덕인다. 엘라임도 마찬가지인 듯 맞장구를 치고 있었다. 그들은 도대체 얼마나 대단한 정령사였을까. 상상하기 힘들다고 생각했다.

'다른 세계라면 마법이 발달한 세계겠지.'

재현의 세계는 과학이 발달했다가 몬스터의 출몰과 함께 막 마법과 기, 초능력에 대해 발현이 된 세계이다. 그들의 입장에서는 매우 원시적인 단계일 것이다.

어차피 다른 세계니 신경 쓸 것도 없다고 생각하며 재현이 샐리온에게 물었다.

"뭐, 어쨌든 정령 폭렬을 알려 주는 것과 뭘 거래할 생각이셨어요?"

일단 들어는 보겠다는 의지는 있는 재현이다.

"참고로 정령왕이 되라고 하는 거라면 안 받아들일 겁니다."

재현은 딱 잘라 말했다. 정령왕까지 받아들일 만큼 정령력에 여유는 없었다. 다들 그렇게까지 할 생각은 없는 모양인지 아쉬워하지는 않았다.

"많이는 바라지 않으니 걱정 말거라."

"들어보도록 하죠."

그것만으로도 충분하다는 듯 다들 고개를 주억였다.

"네가 계약한 정령들을 우리처럼 만들어 주면 된단다."

"그 말은 정령왕으로 만들라는 그 말씀인가…… 요?"

그들은 대답을 하지 않고 빙그레 웃었다. 제대로 짚었다. 그러니까 그들의 말은 이거다.

후계자 양성. 그것참 많이도 바라지 않는다고 생각하며 재현의 얼굴이 황당함에 물들었다. 그러나 그것은 재현이 계획적으로 할 수 있는 일이 아니었다. 솔직히 이건 자신할 수 없었다.

“뭐…… 노력은 해 보죠.”

자신할 수 없다고 해도 노력은 해볼 만한 일이다. 최대한 노력해서 정령들을 키우면 재현에게도 큰 힘이 될 테니까.

정령왕을 무려 세 명이나 만들어야 한다니. 거의 불가능에 가깝다고 생각한다.

설사 어떻게든 만든다 하더라도 얼마나 오래 걸릴지 상상할 수 없는 일이었다.

‘애초에 성공을 염두에 두고 하는 거래도 아니었네.’

되면 좋고, 안 돼도 상관없다는 듯 보였다. 말하자면 큰 대가를 바라지 않고 믿어 보겠다는 듯 말한 것이다.

그 뜻도 모르고 들어 보지 않고 손해만 생각한 자신이 부끄러워졌다.

다들 얼굴이 밝아졌다. 노아스가 하하하 웃으며 재현의 손을 맞잡고 위아래로 흔든다.

“그래, 그래 주기만 하면 좋은 일이다. 너의 노에아넨은 좀 소심하고 약한 면이 있지만 그래도 잘해 줄 거라 믿는다.”

그러나 그 말은 재현에게 조금 기분 나쁜 말이었다. 그는 노아스에게 따지듯 말했다.

"제 노에아넨은 소심하지 않아요."

"음?"

"소심하지 않다고요. 그리고 제 노에아넨은 약하지도 않아요. 그 누구보다 강하고 의지할 수 있는 아이예요. 낯을 많이 가리지만, 자기주장도 확실히 하는 아이예요. 무엇보다 의지도 강하고요. 옆에 있으면 든든한 아이라고요."

설마 재현이 자신의 말에 반박할 줄은 몰랐다.

"그래, 미안하구나. 내가 잘못 알고 있었던 모양이다."

그러나 노아스의 얼굴에는 만족스러운 미소가 피어올랐다. 계약자가 자신의 정령에 대해 약간의 험담을 듣고 화내는 모습을 보니 기쁜 것이다.

'그 아이는 좋은 계약자를 두었구나.'

이런 계약자면 어떤 정령이든 다 좋아할 것이다.

"처음부터 분위기가 왜 이래. 자, 기분 풀고 다 같이 사이좋게 지내야지. 스마일~!"

실피드가 살짝 어색해진 분위기를 풀기 위해 일부러 웃으며 말하고 있었다. 이를 보고 재현이 피식 웃자 어색했던 분위기가 풀어졌다.

이를 가만히 지켜보고 있던 엘라임이 조용히 생각했다.

'정령왕이 계약자도 아닌 인간의 눈치를 보다니. 인간

은 참으로 신기한 존재로구나.'

저런 아이가 자신의 후계자가 될 것이라 생각하니 코가 오뚝 솟아오른 엘라임이었다.

# Chapter 07
# 용의 둥지
# (Dragon Lair)

얼마나 잠에 취했을까.

눈을 뜨니 재현은 다시 원래 세계로 돌아왔다는 걸 알 수 있었다. 그러나 눈을 떴을 때 그가 있는 곳은 상당히 의아한 곳이었다.

갑자기 쓰러졌으니 병원 혹은 야전 의무막사에라도 있을 줄 알았는데, 전혀 아니었기 때문이다.

그는 그저 바닥에 깔아 놓은 모포 위에 누워만 있었다.

"뭐지?"

상황 파악이 되지 않았다. 주위에는 헌터들이 통일된 복장을 한 채 모여 있었다.

"이제 일어났습니까?"

옆에 있던 유혁이 물었다. 재현은 살짝 고개를 끄덕이며 물었다.

"여긴 어디예요?"

"북한산입니다."

"북한산? 북한산까지는 무슨 일로요?"

초안산에서 북한산까지 거리는 꽤 되는 것으로 알고 있다.

"회복만 되면 일어날 것으로 보고 들고 왔지."

그 말을 한 것은 정훈이었다. 그가 씩 웃으며 재현의 발치에 박스를 내려놓았다. 재현이 박스를 받아 들고 내용물을 살폈다.

안을 살펴보니 헌터들과 동일한 복장이 있었다. 재현은 멍한 표정으로 정훈을 바라보았다. 그러고 보니 마스터 헌터들도 예외 없이 다 이 복장이었다.

정훈이 어깨를 으쓱였다.

"나라에서 지원해 주는 보급품이다. 이번에 거하게 한탕해야 하거든."

"한탕한다니요? 트윈 헤드 오우거를 아직 해치우지 못한 건가요?"

자신의 폭발적인 힘을 낸 것은 알고 있다. 그러나 해치우지 못했을 것이란 생각은 안 했다. 정훈은 그에 대한 대답을 해 주었다.

"아니, 트윈 헤드 오우거는 해치웠다. 그런데 북한산 정상에서 시공간의 균열이 생겨서 말이야."

"시공간의 균열이요?"

"용이 등장할 때 시공간의 균열이 생기거든. 저 내부에 있을 가능성이 있다고 해서 일부 헌터들이 정찰을 해 봤지. 그 결과 던전처럼 또 다른 공간이 나오고, 몬스터도 있다고 하는군. 용의 비늘도 발견했다고 하니 가능성이 아주 높지."

"용이라고요?"

재현의 눈이 날카롭게 변했다. 눈빛부터 상당히 비장했다. 정훈이 이를 보고 만족스러운 미소를 지었다.

"트윈 헤드 오우거 때와는 달리 처음부터 의욕이 넘치는군. 오히려 기뻐 보이기도 하고."

"스승님의 복수를 할 수 있잖아요."

"그래."

정훈은 보기 좋다는 듯 그를 한참 바라보다가 곧 시선을 돌렸다. 시공간의 균열은 여전히 유지되면서 음산한 기운을 내뿜고 있었다.

재현은 시공간의 균열을 흘깃 바라본 후, 박스에 있는

옷을 서둘러 입기 시작했다. 주위의 흙을 쌓아 올려 몸을 숨겼다.

입고 있던 옷을 벗고 복장을 착용한다. 몸을 꽉 조이는 옷. 전대물에 나오는 영웅들의 쫄쫄이를 입는 기분이다.

그래도 겉에 방어구를 덧대기 때문에 민망한 부위는 가려 줄 것이다. 상당히 가볍지만, 그 안의 기능은 상상하는 것 이상의 효과를 주었다.

'정령력이 증폭되고 있군.'

그것 말고도 설명서를 확인하니 체온 유지 기능과 자동 수리 기능도 함께 있다고 설명서에 덧붙어 있다. 속성 공격도 어느 정도 충격을 완화해 주는 것 같았다.

'이 정도면 최상급이겠군.'

분명 엄청난 가격의 보급품일 것이다. 확실히 용을 소탕하는 데 이 정도 투자는 해 줘야 하지 않을까 하는 생각이 들었다. 상급 헌터가 500명이었을 때 진작 이렇게 줬으면 그만한 피해도 입지 않았을 것이리라.

그는 로브를 착용하고, 그 위에 방어구를 덧댔다. 무게에는 별 차이를 못 느꼈다. 이 정도면 움직이는 것에도 큰 지장이 없을 것이다.

"다 갈아입었는지요?"

"예."

"그럼 벗은 옷들과 필요 없는 소지품은 상자에 넣으시길. 그리고 박스 위에 주소와 이름을 적으면 됩니다."

유혁이 펜을 그에게 건네주었다.

재현은 펜을 받아 들고 벗어 둔 옷을 상자에 넣었다. 소지품은 나중에 택배로 집에 보내 주는 것 같았다.

모든 작업을 마치자 재현은 박스를 비전투 헌터들에게 맡겼다. 그는 유혁, 정훈과 함께 마스터 헌터들에게 합류했다.

"생각보다 회복이 빠르네."

새영이 좀 더 걸릴 줄 알았다는 표정을 짓고 있었다.

재현은 이리저리 움직이며 몸 상태를 확인하고, 정령력도 확인했다. 전부 멀쩡했다. 정령력 탱크에도 정령력이 꽉 차 있었다.

"뭐…… 회복력 하나는 끝내주는 덕분에요. 그나저나 상황을 대충 들어서 알고 있는데 저쪽에 기자들은 왜 이곳에 있는 거예요?"

재현의 시선은 출입 금지 라인 밖을 향했다. 그곳에서는 기자들이 카메라를 들고 사진을 찍기에 여념이 없었다. 심지어 들어오려고 하는 기자들도 있어 간신히 제지하고 있었다.

"정말 저 안에 용이 있는지 취재하고 싶다고 하던데."

"아직 확실히 확인된 건 아니잖아요."

"그렇게 말해도 용의 비늘이란 확실한 증거를 들고 나왔으니까. 그 때문에 되돌아가라고 해도 마찬가지야."

"위험하지 않아요?"

"위험하지. 저 안에서 몬스터가 튀어나오면 특히나."

역시 기자들의 집념 하나는 끝내주는구나 하고 생각하는 재현. 설악산 준동 때도 취재를 위해 최전선까지 온 기자들이 목숨을 잃는 일은 어렵지 않게 볼 수 있었다.

허락된 종군기자들만 출입이 가능했다. 아마 라인 안으로 들어온 종군기자들은 시공간의 균열 안으로도 같이 들어가게 될 것이다.

군인, 경찰, 헌터들이 허락된 종군기자 외에 라인 안으로 들어오는 것을 막고 있다. 촬영하지 말라고 하고 있지만 기자들의 진실을 향한 집념은 누구도 막을 수 없는 것이다.

"일단 제가 막고 올까요?"

"방법이 있나?"

"그렇게 어렵나요?"

오히려 재현이 의아한 표정을 지었다. 무슨 방법을 쓰려는 건지 일단 지켜보기로 한 모양인지 송우가 고개를 끄덕였다. 재현은 즉시 라인 쪽으로 향했다.

"이곳에서 촬영은 금지입니다. 위험하니 얼른 나가세요."

"인터뷰 좀 하겠습니다. 부탁드립니다."

"안 됩니다."

"딱딱하게 구시지 마시고요. 딱 한마디만 부탁드립니다, 헌터님."

기자도 완강히 버티고 있다. 재현이 한숨을 푹 내쉬었다. 이러면 곤란한다. 몬스터들이 저 문을 넘어오면 힘이 없는 그들이 가장 위험하다.

그것은 헌터들에게도 위험을 감수하게 만드는 일이다. 그들의 생명을 위해서도 단호하게 나가기로 했다. 안 되면 권력을 이용하면 그만이기 때문이다.

그가 헌터증을 꺼냈다.

"마스터 헌터로서 명령합니다. 이곳은 위험하니 얼른 나가시기 바랍니다."

유사시 마스터 헌터의 권력은 민간인이든 헌터든 무시할 수 없다. 특히 몬스터가 존재하는 비상 상황에 마스터 헌터의 정당한 명령을 무시하면 그 누구라도 처벌을 받게 되어 있다.

기자와 카메라맨이 놀란 얼굴로 그를 바라보았다. 설마 마스터 헌터일 줄은 몰랐을 것이다. 이제 그들도 곧 짐을

싸 들고 돌아가겠거니 생각하는 재현. 그러나 그는 곧 예상치 못한 상황에 빠졌다.

기자가 믿기지 않는 표정을 짓고 카메라를 손가락으로 가리키며 조심스럽게 입을 열었다.

"저…… 이거 생방송인데요……."

"……헐!"

재현이 서둘러 얼굴을 가렸지만 이미 늦었다. 아마 지금쯤 전국적으로 그의 얼굴이 팔렸을 것이다.

* * *

"얼굴 팔렸어요."

재현이 한숨을 푹 내쉬며 머리를 매만진다. 새로 장만한 스마트폰으로 SNS를 확인하니 그의 얼굴이 일파만파 퍼지고 있었다.

나라에서 신속히 움직여 기사가 나오지 않게 하고, SNS에 퍼지고 있는 그의 사진과 동영상을 지우고 있지만, 이미 늦었다.

한 명도 아니고 몇십만, 몇백만의 사람들이 계속 공유하고 퍼트리고 있으니 막는 것에 한계가 있는 것이다.

포털 사이트의 인기 검색어 인기 순위 1위가 마스터 헌터, 2위가 마스터 헌터의 얼굴이다.

불과 30분 전까지만 해도, 용, 시공간의 균열, 시공간의 균열, 생존의 시대 당시 용 등 용과 관련된 검색어밖에 없었던 것과 대조되는 일인 셈이었다.

이미 용과 관련된 검색어는 재현에게 밀려 뒤로 밀려난 지 오래였다. 세계 최초이자 최대의 핫이슈가 되어 버렸다.

“나라에서도 당황해하고 있는 것 같다.”

이로 인해 강제로 모든 기자들을 내보내고 인터뷰 금지 명령을 내렸지만, 재현만큼은 얼굴이 완전히 팔려 버렸다.

생방송이었다는 걸 알았더라면 이런 일도 없었을 텐데. 그의 한숨이 늘어만 가는 가운데, 송우가 그에게 다가왔다.

“자신 있어 하기에 뭔가 했더니 권력을 이용하는 거였나?”

“생방송인 거 아셨으면 말씀해 주시지 그랬어요.”

그가 미안하다는 표정으로 뺨을 긁적였다.

“아니, 이건 나도 몰라서 말이야. 나도 기자의 말을 듣고 나서야 알게 된 거거든.”

생방송만 아니었다면 확실히 쫓아낼 수 있는 방법이었을 것이다.

"아니, 마스터 헌터들이 있는데 왜 생방송으로 내보내요?"

"자주 있는 일이니까. 멀리서 마스터 헌터들이 싸우는 것 정도는 촬영할 수 있지. 우리야 익숙하지만 네게는 처음 있는 일이겠지. 애초에 카메라 있는 걸 뻔히 알면서도 마스터 헌터라고 밝히는 것도 이상한 일이지만."

"……."

재현은 할 말이 없다는 듯 침묵했다. 정훈이 하하 웃으며 그의 등을 쳤다.

"뭐, 이제 얼굴 다 팔린 거, 어쩔 수 없지. 이왕 이렇게 된 거 떳떳이 얼굴 밝히고 마스터 헌터의 얼굴 간판이 되면 될 테니까. 그러면 상당히 친숙한 이미지로 다가올 것 같은데 말이야."

재현이 불만스러운 표정을 지었다.

"자기 일 아니라고 너무 하시는 거 아니에요?"

"별수 있나. 이미 일은 벌어졌는데."

그가 고개를 저으며 한숨을 내쉬었다. 귀찮은 건 딱 질색인데 일이 이렇게 될 줄이야.

'법적 책임을 물어 버릴까?'

그쪽 방송사에서는 의도치 않았지만 엄청난 기삿거리를 건져 올렸다며 좋아할지도 모르겠다.

애초에 고의로 한 일도 아니고 재현 스스로 밝힌 것이라서 법적인 책임을 묻는다고 하더라도 미비할 것이리라.

"뭐, 그건 정부에서 알아서 처리하겠지. 기사도 내보내지 못하도록 막고 있으니까."

"문제는 SNS잖아요."

다른 건 괜찮다. 그러나 SNS는 막기가 너무 힘들다. 불특정 다수가 계속 공유하고 있는 바람에 삭제하는 것도 엄청난 노동력이 드는 까닭이다.

"뭐…… 정 안 된다면 정훈이의 말처럼 마스터 헌터의 간판이 되는 방법도 있기는 하겠지. 친숙한 이미지를 보여주면 헌터에 대한 불신도 어느 정도 잠재울 수 있지 않을까?"

여러 가지 좋은 상황이 있을 것이라고 위로하고 있지만, 재현은 그것을 바라지 않았다.

이미 그의 휴대폰에는 전화가 오고 난리였으니까. 나중에 확인해 보면 자신이 아는 모든 사람들의 부재중 전화가 뜰 것이리라.

"자, 이제 출발하지."

용 소탕 작전을 위한 준비를 마치자 송우가 정훈과 재현에게 다가왔다.

모두 준비된 상태. 다들 정부에서 나누어 준 복장을 착용한 채, 문 앞에 선다. 그리고 선발된 헌터들이 곧 시공간의 균열 안으로 들어갔다.

*　　*　　*

"우웩!"

시공간의 균열 너머로 도착하자 멀미로 인해 구토를 하는 사람이 늘었다. 시공간의 균열을 넘어올 때 그리 오랜 시간 있던 것도 아니다.

균열 안으로 들어가니 이 공간이 나온 것이다. 그러나 약간 머리가 어지럽다는 기분은 있었다.

재현은 고작 그것뿐이지만, 초능력자들은 멀미를 호소하고 있었다.

"이거야 원. 나가기 무서울 정도로 엄청난 멀미로군."

정훈과 새영, 유혁도 마찬가지였다.

"아무래도 마나, 기를 사용하는 사람들은 비교적 멀쩡한 것 같군."

송우가 헌터들을 빙 둘러본다. 비교적 멀미를 덜 하는 사람들은 대부분이 마나와 기를 담은 사람들이다. 아마 이 공간은 마나와 기 같은 종류의 마법으로 만들어지는 것이 아닐까 추정했다.

송우는 헌터들의 상태가 괜찮아질 때까지 휴식을 취하기로 했다. 이 상태로 이동하면 피해가 커질 것이라 염려한 것이다.

재현은 일단 정화수를 만들어 헌터들에게 나누어 주었다. 그렇게 약 10분 정도의 휴식을 취하니 다들 멀미가 나았다.

"괜찮아요?"

정훈은 고개를 저었다.

"태어나서 멀미를 한 적 없는데. 왜 고통스러워하는지 이제야 알겠더군."

새영이 정훈을 노려보며 한마디 했다.

"내가 말했지. 앞으로 지름길을 이용한다고 오프로드로 가기만 해 봐. 가만 안 둬."

"미안, 미안. 앞으로 급하지 않은 이상 자중하도록 할게."

정훈은 큰 깨달음을 얻었다는 듯 그녀의 의견을 적극 들어 주겠다는 태도를 보였다.

그들은 서로 임무를 많이 하는 일이 잦다 보니 자연스럽게 같이 차를 타고 이동하는 경우가 많았다.

특히 새영은 멀미를 심하게 하는 편이라는 것을 재현은 이 대화를 통해 알게 되었다.

"그나저나 규모가 끔찍할 정도로 방대하군."

정훈의 말에 다들 공감했다. 주위는 암석으로 가득하지만 어둡지 않았다. 아프리카 원정 당시 보았던 라이트 스톤이 주위를 밝히고 있었기 때문이다. 설마 이곳에서 라이트 스톤을 잔뜩 볼 줄은 전혀 예상치 못했다.

"아무래도 그렇겠지. 용이 사는 곳이니 크기도 그 녀석이 충분히 들어갈 만한 공간일 테니까."

그렇게 잠깐의 잡담을 나눈 후, 유혁이 말을 끊었다.

"이제 대충 회복한 것 같으니 이동하는 게 좋겠군요."

유혁의 말에 송우가 대답했다.

"딱히 그럴 필요도 없어 보입니다. 아무래도 저쪽에서 먼저 환영 인사를 준비한 것 같군요."

재현이 정면을 바라보고 있었다. 그곳에는 몬스터들이 다수 모여서 이쪽으로 천천히 다가오고 있었다.

"이야, 이거 엄청난데? 몬스터들이 하나같이 용이잖아! 보기 드문 몬스터들인데 이렇게 많이 있을 줄이야."

재현은 킵보이로 녀석들의 정보를 확인했다.

이름: 새끼 암룡(岩龍)

등급: B+

종류: 용족

-바위처럼 단단한 비늘을 몸에 두르고 있는 용. 움직임이 둔하며 비행이 불가능하다. 단단해서 상대하기 버겁다.

주의: 석화의 숨결을 사용하여 상대를 돌로 만든다.

약점: 수 속성 공격에 매우 취약.

이름: 새끼 화룡(火龍)

등급: B+

종류: 용족

-불길을 내뿜는 비늘을 가지고 있다. 타격을 받을 때마다 몸에서 뜨거운 불길이 치솟아 오른다. 접근전에 주의할 것.

주의: 금속을 순식간에 녹이는 불의 숨결을 사용한다.

약점: 수 속성 공격에 매우 치명적.

이름: 새끼 수룡(水龍)

등급: B

종류: 용족

-물에서 강하며 때로는 주위를 물바다로 만들어 자신에게 유리하게 지형을 바꾸기도 한다. 다른 용과 달리 날개가 없어 비행이 불가능하다.

주의: 물대포보다 몇십 배 강한 물의 숨결을 사용한다.

약점: 빙(氷) 속성 공격에 매우 치명적.

이름: 새끼 풍룡(風龍)

등급: B

종류: 용족

—매우 재빠르며 공중전에 특화된 용이다. 용족 중 유일하게 근접에서 싸우는 몬스터이다. 때문에 이빨과 발톱이 발달되어 있다.

주의: 모든 것을 갈가리 찢어 버리는 바람의 숨결을 사용한다.

약점: 물리 공격에 매우 치명적.

네 종류의 용. 크기는 서울에서 목격한 용보다 훨씬 작았다. 녀석들의 이름 앞에 새끼라는 단어가 괜히 붙은 것은 아니리라.

새끼라고 해도 덩치는 거의 코끼리 정도였다. 이런 몬스터들이 성장해서 그 용처럼 되는 게 아닐까 싶다.

"새끼 용들치고는 엄청 강하네요."

"몬스터들 중 가장 강한 종족이 용족이니까. 생존의 시대 당시 유럽에 피해가 많았던 것에는 용족이 많이 출연한 것도 크게 한몫을 했지."

마스터 헌터들 중 유일하게 재현만 헌터의 시대 사람이다. 생존의 시대는 그가 겪어 보지 못한 시대였다.

재현은 뒤를 바라본다. 그들은 전부 상급 헌터들. 일부 부상자 운반과 치료를 위해 중급 헌터들도 포함되어 있지만, 충분히 눈앞에 있는 용들을 해치울 수 있는 전력이었다.

"캬아악!"

새끼 풍룡이 먼저 달려들었다. 설명에서 본대로 움직임이 확실히 재빨랐다.

녀석이 아가리를 벌리며 송우를 향해 날아든다. 눈으로 좇기 힘든 속도. 그러나 그는 담담한 표정으로 검을 뽑아 들며 일자로 세웠다.

반응하기에 늦었구나 생각하며 재현이 나서려고 했지만 녀석의 움직임은 상상을 초월하는 것이다.

순식간에 녀석이 송우를 관통하듯 지나간다. 그의 몸에 녀석의 피로 가득해진다. 그리고 곧 녀석이 피를 뿌리며 땅에 엎어졌다. 땅에 엎어진 녀석은 몸이 세로로 둘로 나뉘어져 있었다.

송우가 녀석의 피로 뒤덮인 채로 씩 웃었다.

"하지만 유럽에 많이 출몰한 덕분에 공략하는 법은 이미 다 알고 있다는 거지. 풍룡의 경우 자신의 속도도 조절하지 못하는 몬스터니까."

송우가 다시 정면을 바라보며 소리친다.

"녀석들은 등급에 비해 비교적 쉽게 잡을 수 있는 몬스터니까 명령에 따라 움직여라!"

용의 둥지에서 첫 교전이 시작됐다.

*　　*　　*

새끼 용들은 등급은 높을지라도 전투 센스는 그리 높지 않았다. 그 덕분에 다른 몬스터들에 비해 잡기 편했다.

그러나 녀석들의 숨결은 확실히 위험하기 때문에 이를 위한 대비도 미리 마련하면서 녀석들의 입을 주시해야 했다.

그래도 첫 교전부터 아무런 피해를 입지 않은 덕분에 헌터들의 사기는 최고조였다.

이 기세를 몰아붙이기로 한 송우는 진격을 택했다.

통로가 일직선으로 쭉 이어진 탓에 이리저리 헤맬 필요도 없이 앞으로 이동하기만 하면 되었다.

진격을 하면서 그들은 곧 몬스터들이 꼭 용족만 있는 것이 아니란 것을 알 수 있었다. 다양한 몬스터들이 있었다.

리자드맨 종류도 꽤 많이 볼 수 있었다. 소탕한 몬스터들은 비전투 헌터들이 나르기 시작했다.

아직 숨이 붙어 있는 몬스터들은 확실하게 숨통을 끊고 옮겼다. 그렇게 옮긴 몬스터들은 이곳에 있는 헌터들의 통장으로 돈이 입금될 것이다.

약 두 시간 동안의 전투를 치르며 상황을 정리하고 잠시 휴식을 취하기로 했다. 사기가 높아 열심히 싸운 덕분에 세 번의 교전 만에 다들 상당히 지친 상태였다. 부상자는 몇 명 있긴 했으나 경미했다.

"아무래도 이곳은 도마뱀 종류의 몬스터들만 있는 것 같군."

송우는 바닥에 글을 써 가며 지금까지 만난 몬스터들의 종류를 적었다.

최소 B급의 몬스터들만 포진한 용의 둥지.

당연한 얘기지만 이곳은 상당히 강한 축의 던전이라고 해도 과언이 아니었다.

"이 정도면 확실히 A급 이상의 던전이라고 할 만도 하겠군. 아니, 애초에 용이 최종 보스인 만큼 S급이려나?"

그런 생각을 하면서 진지한 표정으로 정훈도 골똘히 생각한다.

"얼마나 깊숙한지 자세히 알지 못하니 문제로군."

"도움이 못 되어 죄송해요."

노에아넨이 잔뜩 풀이 죽은 채 사과했다.

진즉에 노에아넨에게 이곳의 규모를 파악하기 위해 조사를 해 보라고 했다. 그러나 알아낸 정보는 없었다.

얘기를 들어 보니 마나가 바닥, 천장, 벽 할 것 없이 전부 둘러쳐져 있다는 것 같다.

그 때문에 주위에 기감을 넓힐 수 없어 구조를 알아낼 수 없다는 것이 노에아넨의 설명이다.

일일이 돌아다녀야 한다는 것이 노에아넨의 최종 결론이다.

실라이론을 내보낼 수도 없는 노릇이다. 정찰을 하겠다고 보냈다가 용족이 있어 공격당하면 큰일이기 때문이다.

재현은 풀이 잔뜩 죽은 노에아넨의 머리에 손을 얹었다.

"네 탓이 아니니까 미안해할 필요 없어."

"그래도요……."

"괜찮아. 이런 일도, 저런 일도 있는 거니까."

그래도 도움이 되지 못했다는 생각에 여전히 속상해하고 있는 노에아넨을 꼭 끌어안아 주었다.

노에아넨은 그가 꼭 끌어안아 주자 그제야 미소를 보였다. 마스터 헌터들이 이를 바라보고 있었다.

새영이 먼저 입을 열었다.

"정령들을 대하는 방식부터 다르네."

"뭐가요?"

"현주 씨는 정령들에게도 꼬박꼬박 존댓말을 했거든. 스킨십도 잘 하는 편도 아니고. 애초에 정령들에게 존댓말을 하는 정령사는 현주 씨 말고 없었지만."

마스터 헌터들끼리 모여 오랫동안 호흡을 맞췄다고 하니 현주가 어떻게 정령들과 지냈는지 재현보다 더 잘 알 것이다.

재현은 곰곰이 생각하며 고개를 끄덕였다.

"그러고 보니 스승님은 스킨십을 많이 하는 편이 아니었죠. 정령들에게도 존댓말을 했고요. 그리고 가족들을 제외하고 반말하는 걸 본 적이 없네요. 스킨십도 마찬가지이고…… 실라이론도 스승님이 머리를 쓰다듬어 준 적이 없다고 했으니까요."

재현은 머리를 쓰다듬거나 스킨십으로, 현주는 미소로. 그래도 실라이론도 딱히 불만은 없던 걸 보면 정령들과도 잘 지낸 것 같다.

"그냥 표현의 차이일 것 같은데요?"

사람마다 표현하는 방식이 다르지 않던가. 재현은 표현 방식의 차이라고 간단하게 결론을 내렸다.

"그렇기야 하지. 그런데 어째 정령들이 자네를 의지하는 것 같아서 말이지."

"신기한 일인가요?"

"정령사로서 가장 강한 헌터였던 현주 씨도 정령과는 우리가 봤을 때 서로 협력하는 정도로만 보였거든. 다른 정령사들은 자네와 반대로 정령들에게 의지했고."

"뭐…… 다른 정령사들은 저와 스승님의 전투 방식이 아니니까요."

어둠의 정령과 연관이 없는 정령사들은 정령 일체화라는 단어 자체를 모른다.

그렇기 때문에 어쩔 수 없이 정령들에게 크게 의지해야 했다. 재현도 정령화를 하기 전까지 마찬가지였으니까.

주로 지시를 내렸지만, 모든 판단을 정령에게 맡기는 정령사도 있을지 모르겠다는 생각이 들었다.

"재현이는 편해!"

썬더라스가 끼어들고, 나이아스가 재현의 등에 매달렸다.

"전에는 조금 무섭고 실망스러웠지만 그래도 평소에는 믿음직한 친구야."

무섭고 실망스러웠다는 것은 현주의 죽음이 방아쇠가 되어 방황을 시작할 때이다. 재현은 씁쓸한 미소를 지었다.

"그건 미안하다고 사과했잖아. 생각나니까 또 미안해지네."

사태가 대충 진정되고, 재현은 정령들에게 전부 사과했다. 예상대로 다크니아스에게 가장 오랫동안 사과해야 했지만, 그래도 예상보다 빨리 사과를 받아 주었다. 정령들도 그것을 용서하기로 하고, 재현도 조심하기로 했다. 그런데 그것이 다시 떠오르니 미안해졌다.

"괜찮아. 앞으로 안 그러면 되는 거잖아."

"조심할게."

메타리오스가 재현의 다리에 기대 왔다.

"우리가 재현이에게 의지하는 건…… 인간의 표현으로 하자면 엄마 같은 거야……."

"메타리오스, 난 남잔데?"

"따지지 마…… 느낌이 그렇다는 거야…… 그게 불만이면 아빠로 정정……."

'아빠의 느낌으로 정정해 봤자…… 난 잘 모른다고.'

아버지의 정은 잘 느끼지 못한 재현이기에 당연히 그 느낌은 모른다. 그냥 편안하거나 든든한 느낌이라고 이해하기로 했다.

정령들의 얘기가 시작되니 다시 북적이기 시작했다.

썬더라스와 나이아스, 메타리오스가 은근슬쩍 재현에게 다가와 기대자 다크니아스와 셀레아나가 질 수 없다는 듯 재현에게 매달렸다.

실라이론은 아직 그것이 어색해 그냥 멀뚱히 바라보고 있을 뿐이다. 이 모습을 보고 정훈이 생각했다.

'정령들을 보니 마치 강아지가 주인에게 매달리는 것 같군.'

다른 마스터 헌터들도 똑같은 생각을 하고 있었다.

* * *

용의 둥지에 들어온 지 3일째 되는 날.

그간 만난 몬스터들은 용족과 관련된 몬스터들이었다. 잡은 몬스터의 수만 해도 삼백여 마리 정도 되었다. 큰 전과였다. 호흡을 맞춰 가며 쭉 전진을 한다.

당연히 진격을 하면서 헌터 쪽에서도 피해가 있었다. 전부 부상자들이었다. 전사자가 없는 것이 다행일 것이다.

B급 이상의 몬스터들을 무려 삼백여 마리나 상대했으면서 전사자가 없는 것은 기적과도 같은 일이다.

물론 그것에는 재현이 크게 한몫을 했다. 그는 정령사. 상급 정령들을 일곱이나 이끈 덕분이다.

재현의 마르지 않는 힘으로 인해 몇 명이나 위험에서 구출되었는지 모른다. 헌터들은 알게 모르게 재현과 함께 있으면 안심이라는 생각을 가지고 있었다.

'지나가야 하나?'

그들은 진격을 하던 도중 눈앞에 또 다른 곳으로 향하는 문을 발견하게 되었다. 막다른 길에 공간이 일그러진 문. 다음 층으로 가는 것으로 추정되었다.

"진짜 던전 같이 생겼군요."

유혁이 일그러진 문을 바라보며 걱정스러운 표정을 지었다. 뒤를 돌아보니 다른 헌터들도 그와 같은 표정이었다.

아무래도 멀미를 걱정하는 것이리라. 재현은 꺼릴 것이 없지만, 그들은 아니었다. 그러나 현실은 하기 싫은 것을 강요하기도 한다.

"돌입!"

송우의 외침에 다들 미리 심호흡을 하며 준비한다. 송우가 먼저 앞장서서 들어가고, 재현이 뒤따랐다.

Chapter 08
용 사냥
(Dragon Raid)

완전히 다른 세상으로 온 것 같았다. 방금 전은 사방이 막혀 있던 것과 달리, 이곳은 확 트인 전경이었다.

하늘도 있고, 땅도 있다. 하지만 그 어떤 것도 없다. 넓은 황야만이 눈앞에 펼쳐지며 바람이 불어와 흙먼지를 일으켰다.

"우웩!"

그리고 문을 넘어오자마자 구토 증상을 보이는 헌터들은 덤이다. 그들은 또다시 멀미 지옥에 빠졌다.

재현은 또다시 바삐 돌아다니며 정화수를 나누어 주었다. 그래도 전에 한 번씩 겪어 봤기 때문인지 다들 전보다 빠르게 회복할 수 있었다.

"문 앞에 몬스터들이 나타나지 않는 것만으로도 천만다행이군."

송우의 말에 재현이 고개를 주억였다. 그의 말대로 문을 넘어오면 다들 전투 불능에 빠지기 때문에 위험했다.

만약 문 앞에서 대기하고 있었으면 엄청난 피해를 입었을 테니까. 몬스터들이 문 앞에 포진해 있지 않은 것은 천운이나 다름이 없었다.

그들이 멀미를 하고 싶어서 하는 것도 아닌 터라 뭐라고 할 수 있는 상황도 아니다. 그렇게 잠깐의 휴식을 취하기로 한 후, 송우가 자리에 앉아 나침반을 꺼냈다.

나침반이 핑그르르 돌고 있었다. 다른 나침반을 확인해 봤지만 마찬가지였다.

"아무래도 나침반에 의지할 수는 없을 것 같군."

1층과 달리 이곳은 광활한 황야. 이곳을 헤매지 않기 위해서 나침반에 의지하고 한쪽으로만 갈 생각이었나.

그러나 그것이 불가능했다. 당연히 이곳의 지도는 없다. 어떻게 해야 할지 난감한 상황에 빠졌다.

재현이 노에아넨을 바라보며 물었다.

"노에아넨. 혹시 이곳은 방향 찾을 수 있을 것 같아?"

"방향은 걱정하지 마세요. 어떤 구조인지 확인할 수 없는 건 같지만 방향은 알 수 있어요."

"그래, 너에게 맡길게."

노에아넨이라면 길을 잃고 이리저리 헤맬 일은 없을 것이다. 송우도 노에아넨에게 잘 부탁한다고 했다.

실라이론은 하늘을 바라보며 자신도 할 수 있는 일을 찾았다.

"나는 위에서 더 넓은 시야로 정찰할게."

"그래. 실라이론도 부탁할게."

실라이론이 하늘 위로 붕 날아간다. 가장 먼저 지형을 확인하고, 다음으로는 몬스터의 접근 여부를 확인하려는 것이다. 정령들은 이럴 때 매우 든든했다.

"자, 그럼 출발!"

다들 어느 정도 괜찮아지자 송우가 이동했다. 노에아넨이 선두에 서서 그들에게 길을 안내했다. 그렇게 얼마나 지났을까.

[300미터 앞에 몬스터들이 접근하고 있어. 수는 다섯!]

"몬스터 접근! 수는 다섯!"

실라이론의 텔레파시를 전파받은 재현이 즉시 소리쳤다. 헌터들이 일사불란하게 움직이며 전투 준비를 시작한다.

효과적인 전투를 위해 3일간 호흡을 맞췄기 때문에 반

응도 빠르면서 금방 자신의 자리를 찾았다. 그리고 머지않아 그들은 몬스터들을 목격할 수 있었다.

용들이 정확히 이쪽을 향해 달려오고 있었다. 그리고 그 뒤에 또 다른 몬스터가 타고 있었다.

"드래곤 라이더인가?"

재현은 즉시 녀석들의 정보를 찾았다.

이름: 드래곤 라이더

등급: A-

종류: 도마뱀류

-성장한 지룡을 타고 다니는 리자드맨. 리자드맨들 중 가장 날렵하고 무기를 다루는 것에 있어 그 누구보다 뛰어나다. 눈앞에 보이는 적들을 잔혹하게 죽이는 것을 즐긴다.

주의: 매우 민첩하니 방심하지 말 것.

약점: 화, 뇌 속성 공격에 치명적. 지룡에게서 떨어뜨리면 공격력과 방어력이 급감한다.

이름: 성장한 지룡

등급: A

종류: 용족

—새끼 용보다 한 단계 더 강해진 용이다. 용족 중 가장 얌전한 편이라서 리자드맨이 타고 다니는 경우가 많다. 비행은 불가능하지만 순간 가속력은 치타보다 빠르게 달릴 수 있다.

주의: 상대의 수분을 다 빨아들이는 대지의 숨결을 사용해 적을 몰살시킨다.

약점: 수 속성에 치명적. 드래곤 라이더가 타고 있는 동안은 몸통 박치기와 물어뜯기 외에 공격을 해 오지 않는다.

이번에 나타난 몬스터들은 1층에서 만난 것들과 질을 달리했다. 이번에는 새끼 용이 아닌 어느 정도 성장한 용이었다. 못 해도 A급의 몬스터.

크기도 서너 배는 족히 넘었다. 그 수는 적으나 감히 무시할 수 없는 등급이다. 성장한 용은 새끼 용보다 더 단단해 보였다.

"방어조, 밀집대형 앞으로!"

송우가 소리치자, 헌터 열 명이 앞으로 나온다.

녀석들이 빠르게 다가오고 있다.

녀석들의 속도라면 몇 초 안으로 도착할 것이다. 순간가속까지 하는 모양인지 더 빨라졌다.

"방어막 일시 전개!"

화아악!

방어조에 있던 헌터들이 일제히 자신들의 특기인 방어막을 원으로 둘러싸며 펼쳤다.

녀석들의 돌진을 막기 위한 방어막이 아니다. 재현의 몸에 슬금슬금 어둠의 기운이 피어오른다.

그의 흰자위가 검게 물들고, 눈동자는 빨갛게 물들었다. 어둠의 정령 일체화를 한 것이다.

"박재현!"

송우의 신호에 맞춰 그가 소리쳤다.

"다크니아스, 다크 게이트!"

녀석들의 앞에 거대한 다크 게이트가 전개된다. 지룡은 이동 속도가 빠르다. 그러나 풍룡과 마찬가지로 단점이 똑같았다.

순간가속 중에는 방향을 틀 수 없는 것이다.

그러나 다른 점이라면 비늘이 풍룡보나 난난하기 때문에 송우가 풍룡을 처치한 행동 그대로를 따라 하면 자살 행위나 다름이 없었다.

녀석들이 다크 게이트 안으로 쏙 들어갔다. 그리고 곧 녀석들이 다른 쪽 게이트에서 튀어나왔다.

녀석들이 나타난 곳은 원으로 둘러친 방어벽 내부! 녀석들이 꼼짝없이 갇히게 되어 버렸다.

방어벽 내부에서 물이 차오른다. 그리고 점점 빛이 사라지고, 검은 물감을 탄 것처럼 점점 어둡게 물든다.

재현은 어둠의 기운과 맞서 싸우면서 자신의 할 일을 한다.

"다크니스 웨이브!"

콰아아아!

어둠이 방어벽 내부에서 파도처럼 몰아친다. 녀석들은 오도 가도 못한 채 어둠에 먹혀들어 가기 시작했다.

녀석들이 소리를 지른다. 그러나 녀석들의 움직임이 정지할 때까지 멈추지 않는다.

"그만!"

송우의 외침과 함께 재현도 즉각 정령 일체화를 풀었다. 그리고 흘깃 용들을 노려본다.

'개자식들!'

아직 한 마리가 살아 있던 모양인지 꿈틀거리는 것이 보인다. 녀석을 죽이고 싶었다. 현주를 죽인 용족을 죽이고 싶다.

이 분노를 녀석에게 풀고 싶었다. 그러나 그는 꾹 참았다. 나이아스와 다크니아스가 그의 손을 꼭 잡았다.

"재현아."

"설마 이 정도로 어둠에 먹히는 건 아니지?"

"후우! 후우! 당연히 아니지. 고작 이 정도로 내가 무릎 꿇을 것 같아?"

그렇게 말했지만 상당히 버거워 보이는 것도 사실이다.

얼굴이 빨갛게 물들고 이마에 튀어나온 핏줄이 그가 힘들게 버티고 있다는 사실을 증명해 주고 있었다.

그는 거친 숨을 내쉬면서도 심호흡을 했다. 타오를 듯한 분노를 힘들게 억제하며 어둠의 기운을 정화해 나간다.

곧 어둠의 기운을 전부 몰아낸 재현은 그제야 안심할 수 있었다.

"후우! 엄청 힘들군요."

"지룡을 처치할 때는 이 방법이 가장 좋은 방법이지. 현주 씨가 즐겨 사용했던 것이기도 하고."

이미 각각 속성에 맞는 용들에 대한 대처법을 재현은 그들에게서 전수받았다.

지룡에게 가장 효과적인 방법은 물의 능력자와 다크니아스를 합쳐서 가둬 놓고 공격하는 방법이라고 한다.

어둠의 정령의 공격은 모든 형태에 능력을 불어 넣을 수 있어 더욱 위력적이라고 한다.

재현은 지룡이 출몰할 것을 대비해 미리 교육을 받은 상황이다.

물의 힘과 어둠의 힘을 동시에 사용할 수 있는 재현. 그렇기에 그는 지룡의 완벽한 천적이 될 수 있었다.

아니, 애초에 4대 정령과 모두 계약한 시점부터 천적은 없는 셈이다.

그가 어둠의 기운에 맞서 가는 위험을 감수하며 혼자서 싸운 것은 상급 헌터들 중 지룡과 대적할 수 있는 헌터가 몇 없었기 때문이다.

“그나저나 A급 몬스터를 순식간에 해치우다니. 갈수록 점점 강해지고 있는 느낌이야.”

송우가 혼잣말을 하며 재현을 바라본다.

그의 성장력은 확실히 엄청났다. 처음 봤을 때와 다르다. 성장 속도는 그 누구도 따라올 수 없을 정도.

‘이거, 나도 따라잡히겠는걸.’

지금 당장은 재현이 마스터 헌터 중 가장 약한 축에 속하지만…… 머지않아 자신의 자리를 위협할 헌터가 되지 않을까 하고 생각한다.

그때가 되면 리더의 자리가 바뀔 것이리라. 그러나 자신보다 강한 자가 나타나는 것은 반가운 일이다.

언젠가 자신도 이 자리를 은퇴할 텐데 자신을 대신해 마스터 헌터의 리더로 오랫동안 있을 사람이 있다는 건 안심할 수 있는 일이니까.

[4시 방향, 500미터 앞 몬스터 다수 접근!]

재현의 머릿속에 텔레파시가 울려 퍼지고, 그가 소리쳤다.

"4시 방향, 500미터 앞 몬스터 다수 접근!"

다수가 몰려온다는 외침에도 다들 자신감을 보이고 있었다.

지금까지 잘 싸웠으니 이번에도 잘해 낼 수 있을 것이라 생각한 것이다.

그러나 그 자신감도 곧 눈앞에 보이는 몬스터들을 목격하고 얼굴이 사색으로 변했다.

"하느님 맙소사……."

"이건 해도 해도 너무하잖아!"

1층과 다른 것은 질만이 아니었다. 양도 달리했다. 적어도 서른 마리는 족히 되는 용족들이 이곳을 향해 흙구름을 일으키며 몰려오고 있었다.

지금까지와 다른 규모의 용족들. 다섯 마리의 새끼 용만 해도 힘든 전투를 하는데, 무려 서른 마리!

그리고 녀석들과 대적할 수 있는 마스터 헌터와 상급 헌터들의 수는 쉰 명이 조금 넘는 정도. 거의 불가능한 싸움이 시작되었다.

*　　*　　*

"좌측이 뚫리겠어, 방어막을 유지해!"

"막아! 빈틈을 최대한 노려!!"

헌터들이 방어막을 치고 몰려오는 용족을 방어해 낸다. 그러면서 용족들이 빈틈을 보이는 즉시 공격을 했다.

그런 식으로 서른 마리 중 여덟 마리를 잡는 것에 성공했다.

아직까지 전사자는 없지만, 부상자가 점점 늘어가기 시작했다. 그러나 중상자 외에는 당장 치료받을 생각도 하지 못한 채 집중하고 있었다.

이들은 서울에서 용과 몬스터들의 포위에서도 살아남은 상급 헌터들이다. 헌터 중 베테랑이 상급 헌터. 그리고 그들은 베테랑 중의 베테랑이다.

생존의 시대부터 활약해 온 그들은 그만큼 탁월한 전투력과 센스를 발휘하고 있었다. 그 덕분에 그들은 전투가 벌어진 지 한 시간이 지나도 싸울 수 있었다.

"캬오오!!"

"암룡이 돌진해 온다!"

정훈이 소리친다. 평소 장난을 많이 치던 그도 이번만큼은 진지한 표정으로 일사불란하게 지휘하고 있었다.

"저놈은 내가 맡는다! 내 쪽에 방어막을 풀어라!"

정훈이 방어막 앞에 섰다. 그의 양팔이 크게 부풀어 오른다. 그가 손을 폈다. 근육이 더욱 터질 듯 풍선처럼 팽창한다.

그가 손을 뻗어 암룡의 머리에 있는 뿔을 붙잡았다. 녀석이 힘으로 밀고 들어왔지만, 곧 정훈의 힘 앞에 멈춰 섰다.

"다시 막아!"

그의 신호와 함께 다시 방어막이 처지고 빈틈이 사라진다. 정훈의 이마에 핏줄이 튀어나온다. 녀석의 뿔을 비틀어 부숴 버린다.

"캬오오오!"

고통스러운 괴성을 지르는 지룡. 정훈은 손에 들고 있던 뿔을 움켜쥔 채, 녀석의 머리를 향해 내려쳤다.

"네놈의 물건이다. 도로 가져가!"

콰앙!

육중한 타격음과 함께 녀석이 쓰러진다. 녀석의 이마에는 자신의 뿔이 박혀 있다. 정훈은 땀을 소매로 대충 닦았다.

"우와……."

재현은 그를 보고 할 말을 잃었다는 표정이었다. 오직

자신의 능력으로 녀석을 제압했다. 속성 공격도 아닌 완력으로 쳐야 할 능력이다.

그런 그가 모든 것을 무시하고 용족을 단 한 번의 공격으로 죽인 것이다. 말 그대로 대단했다. 과연 마스터 헌터가 괜히 된 것이 아니었다.

"아고고, 팔 쑤신다! 재현아, 치료수!"

정훈이 능력을 풀자마자 그에게 치료수를 부탁했다. 나이아스가 서둘러 치료수를 만들었다.

"미안하지만 팔을 들 힘이 없다. 네가 먹여 줘라."

정말 미안한 표정을 짓는 정훈. 재현이 알겠다면서 대신 먹여 주었다.

"혹시 다친 거예요? 탈골되었다거나?"

팔을 봤지만 탈골된 것 같아 보이진 않았다. 정훈은 고개를 저었다.

"그건 아니고, 힘이 빠진 것뿐이다. 폭발적인 힘을 내면 오우거도 골로 보낼 수 있는데, 그 후엔 꼭 이 꼴이 나 버리지. 그래서 되도록 사용을 자제하려고 하는 거고."

아무래도 능력의 부작용이 있던 모양이다. 하기야, 자신의 신체를 강화, 변형한다면 부작용이 따를 수밖에 없을 것이다. 대가가 따르는 초능력이라니.

'하기야, 어떤 초능력자는 자신의 피를 사용해 공격한

다고 했던가?'

그냥 어디서 주워들은 얘기이다. 그 초능력자도 분명 능력을 사용할 때마다 본인의 목숨을 담보로 사용해야 할 것이리라.

이 정도면 무난한 편이라고 생각하며 재현이 다시 시선을 돌렸다.

털썩!

방어조에 있던 헌터가 힘없이 쓰러졌다. 뒤에 있던 헌터가 서둘러 그를 끌고 들어오고, 옆에 있던 헌터들이 방어막의 면적을 늘려 빈자리를 채웠다.

"정화수 덕분에 오래 버티긴 했지만, 이제 슬슬 한계에 다다르는 것 같군."

지금까지 버틸 수 있도록 재현의 정화수가 큰 공헌을 해주었다.

송우가 때마침 빈틈이 생긴 용족을 두 마리를 베어 낸 참이다. 그렇다 해도 남아 있는 용족은 아직도 열 마리가 넘었다. 그러나 이렇게 계속 버티는 것도 무의미했다.

'용족도 꽤 지친 상태로군.'

그가 용들의 상태를 살폈다. 빈틈을 찾는 즉시 공격했기 때문에 용들은 부상을 입었다. 게다가 빠르게 움직이는 덕분에 그 상처가 벌어져 있었다.

녀석들의 움직임은 처음보다 확연하게 느려져 있었다. 처음에는 적극적으로 공격해 오던 녀석들도 슬슬 눈치를 보고 있었다.

싸움은 어느새 눈치 싸움의 양상을 띠고 있었다. 몬스터들이 눈치를 보고 있다는 것은 녀석들도 함부로 접근하기 두려워하고 있다는 뜻.

평균적으로 머리가 좋다고 알려진 용들이라면 이 싸움이 자신들에게도 이로울 게 없다는 것을 알고 있을 것이다.

'그러나 제대로 된 명령 수단이 없지.'

용족들의 경우 특유의 행동으로 보이는데, 당연히 인간이 의사소통 면에서는 유리하다. 또한 머리도 인간이 가장 우수하다. 녀석들이 결단을 못 내리고 있지만, 송우는 이미 결단을 내렸다.

녀석들이 눈치만 보고 있다는 것은 이쪽에서 먼저 공격을 하지 않겠다고 판단했다는 뜻.

그렇다면 임기응변에 약한 몬스터들에게는 당연히 최고의 효과를 보게 될 것이다.

"일제히 방어막을 풀어라!"

송우의 명령에 따라 방어조에서 일제히 방어막을 풀었다. 그리고 소리쳤다.

"공격!"

"와아아아!!"

헌터들이 최대한 크게 함성을 지르며 녀석들에게 일제히 달려들었다. 용들이 깜짝 놀라며 당황해하고 있는 것이 보였다.

몬스터들은 임기응변에 약하다. 판단대로 되지 않으면 허무하게 당하는 꼴을 많이 보았다.

특히 어중간하게 머리가 좋은 몬스터들이 더더욱 그러했다. 용족은 머리가 좋은 편이지만, 역시 인간에 비하면 어중간한 지능을 가지고 있다.

그의 생각대로 방어만 하면서 눈치를 보고 있던 인간이 갑자기 태세를 변경하니 크게 당황한 것이 눈에 보였다.

재현이 가장 먼저 뛰어가며 용들을 공격했다.

"라이트닝 스톰!"

용들이 모인 중앙에 번개의 폭풍이 몰아친다. 뇌 속성에 저항하는 용들이 있는가 하면, 저항하지 못하는 용들도 있었다. 재현은 용들의 한가운데를 뚫고 들어갔다.

"애들아! 정령력은 걱정하지 말고 각자 공격이 통하는 용들을 공격해!"

"알겠어!!"

재현의 정령들이 소리치며 각자 속성에 맞는 용들을 공

격해 나갔다. 재현은 나머지 용들의 시선을 끌기로 했다. 헌터들의 피해를 최소화하려는 것이다.

그가 정령화를 한다. 그의 왼손에는 어둠의 불꽃이, 오른손에는 전류가 흐르는 검이 나타났다.

각각 다른 두 개 속성의 정령의 힘이 그의 양손에 머무른다. 재현이 한 녀석을 향해 손을 뻗었다.

"헬 파이어 버스트."

금룡, 아이언 드래곤이라 불리는 용에게 고온의 화염을 선사한다.

녀석의 몸이 붉게 달아오르며 녹아내린다. 그는 금룡에게서 시선을 거둔다. 다른 녀석이 아가리를 벌린 채 달려든다.

재현이 재빨리 허리를 뒤로 젖힌다. 아슬아슬하게 녀석이 그의 위로 지나치려고 한다. 비교적 비늘이 얇은 배가 텅 비었다.

그는 재빨리 녀석의 가슴을 향해 검을 찔러 넣었다.

녀석의 몸을 깊게 파고들었다. 동시에 전류가 흐른다. 고통에 찬 괴성을 지를 틈도 없었다.

운이 좋았는지, 심장까지 그 타격이 전해졌다. 녀석의 수정체가 파괴되며 바닥에 엎어진다.

재현 말고도 상급 헌터들도 용들과의 싸움에 선전하고

있었다.

"조심해, 바람의 숨결이다!"

한 헌터의 외침. 재현이 하늘을 향해 고개를 쳐들었다.

하늘 높이 올라간 풍룡 한 마리의 입에서 날카로운 바람이 쏟아져 내렸다.

* * *

"끄으으……."

용들이 계속해서 몰아치는 덕분에 부상자와 전사자가 생겼다.

부상자들은 붕대와 포션을 사용해 가며 치료에 전념하고, 첫 전사자를 둥지 밖으로 운구하였다. 한 명이 전사하고, 두 명이 경상, 두 명은 중상이다.

서른 마리의 용에 맞서 싸웠으면서 이 정도면 엄청난 전과를 올린 셈이었다.

다행히 경상자들은 치료수만으로 충분히 치료가 되었고, 중상자들은 재빠른 치료를 한 덕분에 생명에는 지장이 없다고 한다.

헌터들은 한곳에 모여 휴식을 취하고 있었다. 이번에 제대로 된 격전을 치른 덕분에 다들 상당히 지쳐 있었다.

종군기자는 이를 촬영하면서 지금까지 일어난 일들을 기록해 나갔다. 애써 웃는 사람도 없고, 다들 지쳐서 금방 잠들기 일쑤였다.

"상급 헌터 세 명을 잃은 셈이군."

송우가 머리를 쥐어뜯으며 다른 손에 들고 있던 나뭇가지를 부러뜨린다.

지난번에 상급 헌터들을 대거 잃게 되다 보니 상급 헌터 한 명 한 명이 소중한 때였다.

상급 헌터는 헌터들의 엘리트로 취급되는 만큼 소중한 인재를 잃는 것과 다름이 없었다.

500명 정도 있을 때는 몰랐지만 막상 숫자가 급격히 적어지면 한 명 한 명이 미치는 영향력이 상당하다는 것을 느낄 수 있었다.

게다가 싸움은 얼마나 계속될지 판단하기 힘들었다. 이곳에 용이 없다면 다른 층에 용이 있을 가능성이 높다.

몇 층까지 이어져 있는지 모르고, 앞으로 얼마나 많은 용들이 튀어나올지 상상조차 되지 않았다.

만일 지금보다 많거나, 훨씬 더 성장한 용이 한 마리라도 나타난다면 그때는 정말 힘든 싸움이 될 것이다.

어쩌면 여기서 이대로 돌아가는 게 가장 현명한 방법일지도 몰랐다. 하지만 언제 일이 벌어질지 모르는 시한폭탄을 남긴 채 후퇴하기는 아직 이르다는 생각도 들었다.

'복잡하군.'

그는 모든 헌터들의 리더로서 상황에 맞게 행동해야 할 필요가 있었다. 마스터 헌터들 중에서도 서열이 1위인 만큼 책임감도 있어야 했다.

용들이 더 있는지 없는지도 모르는 상태로 계속 진격하느냐, 아니면 부족한 상급 헌터들을 중급 헌터들로 메워 전력을 충분히 재보충하고 다시 공략을 시작하느냐이다.

그가 인근에서 가부좌를 튼 채 명상을 하고 있는 재현에게 시선을 향했다. 재현은 현재 전력 중 가장 다재다능한 헌터였다.

재현은 여기저기서 눈에 띄는 전공을 올리면서 많은 활약을 한다. 그가 없었다면 분명 지금보다 피해가 컸을 것이다.

그러나 재현을 믿고 갈 수는 없었다. 한 명의 전력이 크면 그만큼 의지하게 된다. 그가 잘못되면 당연히 그만큼 구멍이 생겨 버리고, 금방 와해되어 버릴 확률이 높았다.

그때였다. 재현이 갑자기 눈을 번쩍 뜨며 수련을 중지하고 소리쳤다.

"비상! 몬스터 접근, 숫자는 한 마리!"

고작 한 마리. 그다지 심각하게 받아들일 숫자는 아니었다. 한 마리면 굳이 이렇게까지 반응할 필요가 없었다. 송우는 뭔가 있다는 것을 직감했다.

"그 한 마리는 소탕해야 할 목표물!"

그 말이 끝나기 무섭게…….

"크라아아아!!"

멀지 않은 곳에서 울부짖는 소리가 울려 퍼졌다. 곧 빠르게 날아오던 용이 하늘을 뒤덮었다. 헌터들이 재빨리 일어나 자신의 무기를 들었다.

누군가는 용을 보고 절망하고 있었다. 누군가는 용을 보고 두려워했다. 누군가는 용을 보고 머리가 새하얗게 변했다. 모두의 감정은 하나로 직결되었다.

극한의 공포였다. 설마 이 상황에서 용이 나타날 줄 아무도 예상하지 못했다. 용이 직접 찾아올 줄이야.

아직 마음의 준비도 하지 않았는데, 나타났으니 다들 초긴장 상태다. 그러나 재현은 그들과 달랐다.

"드디어 나타났구나."

솔직히 말해 재현도 두려웠다. 압도적인 존재 앞에서 당연한 반응이다. 그러나 그는 그 두려움도 이겨 내고 있었다. 도주할 수 없다면 맞서는 방법밖에 없다.

"실라이론."

"응."

하늘에서 주위를 경계하고 살피던 실라이론이 재현의 앞으로 내려왔다. 재현은 용에게서 시선을 떼지 않은 채 물었다.

"어떻게 하고 싶어?"

"현주의 복수를 하고 싶어."

"나도 마찬가지야."

"그러나 그것 때문에 너까지 잃고 싶지는 않아."

새로 계약한 재현. 서로 하고 싶어 하는 일은 똑같다. 전 계약자를, 스승을 죽인 원수를 갚는 것이다. 그러나 그것 때문에 재현이 목숨을 잃게 될지도 몰랐다.

확실히 누구도 이 싸움의 승패를 장담하지 못한다. 지면 전멸, 이겨도 재현이 살아서 돌아갈 수 있다고 장담할 수 없다. 재현도 그 사실을 잘 알고 있다. 아니, 모든 헌터들이 알고 있다.

"그럼 결론은 하나야."

재현이 말을 끊고 숨을 깊게 들이마시며 심호흡을 한다.

"죽지 않고 녀석을 죽여서 다시 돌아가면 되는 거야."

실라이론이 만족스럽게 웃었다. 재현도 씩 웃어 보였다. 그 얘기는 다른 헌터들의 귀에도 들어갔다. 다들 그 대화에 웃었다.

맞는 말이다. 죽지 않고 다시 돌아간다. 그것이 헌터들이 지금까지 악착같이 버틴 이유였다.

게임은 이제 시작일 뿐이다.

어둠의 힘이 녀석의 회복을 가로막고 있었다. 그러나 녀석의 위압감은 처음 봤을 때와 마찬가지로 전혀 변하지 않았다.

그럼에도 재현이, 아니 모든 헌터들이 두려움을 이겨 내고 당당히 용을 노려본다. 녀석은 확실히 약해져 있다.

현주가 녀석에게 입힌 데미지는 상상 이상으로 큰 것이다. 그녀 혼자서 이 정도로 선전했다. 그녀가 해 온 일을 마무리 지을 차례이다.

"크라아아!!"

녀석이 양옆으로 날개를 활짝 펼치며 그 위용을 과시한다. 헌터들도 자신의 무기를 꼬나 쥐었다.

"가자!"

최후의 전투가 시작되었다.

# Chapter 09
# 용의 추락
# (Dragon Fall)

"녀석은 많이 약해진 상황이다! 두려워 마라!"

송우는 용이 예전보다 못하다는 것을 느낄 수 있었다. 녀석의 몰골은 서울 상공에 나타났던 것보다 더 심각해진 상황이었다.

한쪽 날개는 크게 찢어지고, 이빨의 일부가 부러지고, 얼굴을 뒤덮었던 비늘도 많이 벗겨졌다.

녀석의 수정체가 있는 심장 부근도 훤히 들여다보였다.

절반 정도 파괴된 녀석의 수정체가 빛을 발하고 있었다. 재현이 혼잣말을 하듯 말한다.

"수정체 위주로 노려야 되겠어."

그의 목소리가 모든 헌터들의 귀에 들어왔다. 다들 똑같은 생각이었다.

제아무리 용이라고 할지라도 수정체가 파괴되면 움직이지 못한다. 몬스터에게 수정체는 생명 유지 기관이나 다름이 없기 때문이다.

"온다!"

녀석이 대지 위로 안착하고 괴성을 지른다.

용의 함성.

녀석의 함성을 듣고 모두 움직임이 경직된다. 하지만 각자의 방법으로 녀석의 함성에 저항했다.

"갈!"

송우가 크게 외치며 즉시 경직을 풀었다.

어떤 헌터는 함성이 터지기 전에 재빨리 귀를 막거나, 자신의 신체에 고통을 주어 경직을 당하지 않았다.

이곳에 있는 헌터들은 헌터 1세대이다.

지옥과도 같은 시대를 이겨 낸 산증인이다. 그리고 지금까지도 쭉 활약을 하고 있는 헌터들이다. 베테랑 중의 베테랑이다.

용을 두려워할지언정 가만히 넋을 잃고 있을 사람들이 아닌 것이다. 재현이 서둘러 정령 일체화를 통해 저항했다.

"꼬리 공격이다! 엎드려!"

녀석의 작은 움직임만으로 무슨 공격이 들어올지 예측한 송우가 소리친다. 다들 몸을 땅에 바짝 엎드렸다.

녀석의 꼬리가 바람을 일으키며 그 위를 지나간다. 녀석의 꼬리가 지나가기 무섭게 헌터들이 벌떡 일어난다.

"방어조와 격투조, 뒤로 물러나서 대기! 공격조, 원거리에서 녀석을 공격해!"

송우의 지시대로 방어조와 접근전 위주의 헌터들이 뒤에 물러나 대기하고, 원거리 공격이 가능한 헌터들이 공격을 쏟아 낸다.

녀석은 움직임이 크다. 공격을 할 때마다 틈이 생기기에 그 틈을 비집고 공격하는 것이다.

드래곤 슬레이어 작전에 투입된 마스터 헌터들의 경험이 빛을 발하는 순간이었다.

"애들아!"

재현도 정령들과 함께 녀석을 향해 계속 공격을 가했다.

몸집이 거대한 만큼 빗나갈 걱정은 하지 않아도 되었다. 그러나 다들 녀석의 수정체를 노리고 공격했다.

"녀석의 발톱 공격이다! 방어조, 11시 방향으로 방어막을 일시 전개!"

패턴은 달라졌지만, 공격 방식은 똑같다. 이에 맞게 대응하며 송우가 일사불란하게 지휘했다.

녀석의 발톱이 대기를 찢는다. 방어조에서 방어막을 일시에 전개하며 그 공격을 막아 냈다.

뒤이어 돌풍이 불어왔다. 얼마나 강력한 공격인지 돌풍만으로도 충분히 짐작할 수 있었다.

"좋았어, 녀석이 잠깐 공격을 멈췄다! 또다시 공격해! 수정체를 위주로 노려!"

비늘을 벗기는 작업을 하지 않아도 되는 것은 천만다행일 것이다.

녀석의 수정체를 향해 공격이 쏟아진다. 하지만 녀석을 향해 쏟아지는 공격은 아슬아슬하게 빗겨 나가고 있었다. 그래도 괜찮다.

다른 부위의 비늘도 벗겨 나가며 녀석에게 계속 타격을 가할 수 있기 때문이다.

'큰 것을 노려야 돼.'

격투기로 따지면 지금은 고작 잽을 날리는 정도다.

녀석의 방심과 큰 공격이 들어올 때까지 기다려야 한다. 아직 때가 아니다. 확실하게 수정체를 파괴시킬 틈을 만들어야 한다.

"정훈아!"

"좋았어!"

정훈이 앞으로 뛰어나갔다. 접근전이 특기인 헌터들도 그를 뒤따르며 공격에 가담했다.

그들이 가장 노리기 쉬운 다리를 위주로 공격했다.

녀석의 다리도 성한 곳이 없었다. 꾸준히 한곳을 노리고 공격을 가한다.

"이대로 계속 공격해!"

때린 곳을 또 때린다. 용의 몸이 크게 기울어졌다. 녀석의 날개가 양옆으로 다시금 펼쳐졌다.

"칼날의 돌풍을 사용한다! 모두 방어조의 뒤로 물러나!"

정훈은 치고 빠질 줄 아는 남자였다. 그의 외침과 함께, 헌터들이 하던 일을 멈추고 재빨리 방어조의 뒤로 물러났다.

녀석이 날갯짓을 한다. 그러나 녀석은 날갯짓을 할지언정, 돌풍으로 인한 공격까지는 감행해 오지 않았다. 오히려 날갯짓이 도중에 멈추며 그들에게 날아온다!

"모두 산개해!"

송우도 당황스러워하며 즉시 산개 명령을 내렸다. 헌터들이 재빨리 산개하며 거리를 벌렸다. 피하기 늦었다고 봤지만, 그때 재현이 즉각 반응했다.

"실라이론!"

"맡겨 둬!"

실라이론이 바람을 일으키며 상급 헌터들을 일제히 날려 버린다. 노에아넨이 대지를 푹신하게 만들어 그들이 다치지 않게 조치해 주었다.

다들 안도의 한숨을 내쉬면서 식은땀을 흘렸다. 죽다 살아난 헌터들도 꽤 있었다.

"크! 내 기억이 잘못된 건가?"

정훈이 인상을 찡그렸다. 그러나 송우가 고개를 저었다.

"아냐. 분명 칼날의 돌풍 전이었어."

"근데 왜 갑자기 몸통 박치기를 해 오는 거야?"

"예전과 달리 패턴대로 움직이는 건 아니잖아. 아마 저것도 패턴대로 움직이지 않으니까 이상한 공격을 해 오는 것이겠지."

"크! 이거 앞으로 더 힘들게 됐군."

칼날의 돌풍 이후로는 두 가지를 응용하는 패턴으로 공격해 온다. 그러나 녀석이 계속 알 수 없는 공격을 해 오면 이를 대비할 수 없게 될 가능성이 컸다.

미리 대비하려다가 오히려 몰살당할 수도 있었다. 그렇다고 개개인에게 판단을 맡기기도 힘든 것도 사실이었다.

"그래도 어느 정도 패턴에 움직이고 있는 것도 사실이야. 갑자기 알 수 없는 공격을 해 오는 것만 아니면 충분히 녀석을 쓰러뜨릴 수 있을 거야."

"조금이라도 실수하면 전멸일 테고."

송우는 대답이 없었다. 그러나 그의 말에는 긍정하고 있었다. 조금이라도 잘못된 판단을 내리면 돌이킬 수 없는 결과로 이어진다. 그렇게 하지 않기 위해서 최선을 다하는 수밖에 없었다.

"그럼 우리도 조금 다른 방식으로 해 보자고."

"어쩐 일로?"

"방법이 없으면 우리도 우리대로 막 하면 되는 것 아니겠어?"

그 말에 정훈이 마음에 든다는 표정으로 웃었다. 새영이 기가 막힌 표정을 지었다.

"무슨 짓을 하려고 그래?"

"우리 방식대로 녀석을 몰아붙이려고."

"젊을 적 생각이 나는데? 생존의 시대 때는 우리 독무대였는데 말이지."

송우와 정훈이 서로를 바라보더니 씩 웃는다. 무슨 짓을 벌이려는 것인지 대충 알겠다는 듯 새영이 고개를 절레절레 저었다. 이 와중 그들이 뭘 하려는 것인지 재현은 감을 못 잡고 있었다.

"너희들의 호흡에 맞추려면 힘든데."

"그래도 별수 없죠. 녀석을 잡을 수 있다면 수단과 방법을 가리면 안 될 테니까요. 일단 공중전은 무리니까 짓눌러 버리지요. 저도 힘을 전부 쓸 각오로 임하겠습니다."

유혁의 이마에 핏줄이 튀어나온다. 그가 용의 몸 전체에 중력을 가한다. 녀석이 엄청난 중력에 짓눌린다.

"얼마 못 버팁니다. 30초!"

"충분합니다! 정훈아, 가자!"

"오예! 새영아, 사슬 튼튼하고 두꺼운 놈으로 부탁한다!"

"앞으로 내 능력을 빌리고 싶거든 돈 내!"

새영이 불만스러운 표정으로 그에게 평소보다 더 두껍고 튼튼한 사슬을 만들었다. 기계가 들어도 힘들어 보이는 것을 아무렇지 않게 들고 녀석에게 날리는 정훈. 용의 머리에 사슬이 단단히 얽히고, 단단히 붙잡았다.

녀석이 일어서지 못하게 하고 있는 것이다. 용이 다리를 크게 휘두르며 송우의 접근을 막았다. 아래로 들어오지 못하게 하려는 것이다.

송우는 그럴 줄 알고 즉시 정훈의 어깨를 밟고 녀석을 향해 뛰어올랐다.

그의 검에 엄청난 기운이 모여들며 검강의 색깔이 검게 변했다. 마공을 사용하는 것이다.

"과거에는 힘이 부족해 자르지 못했지만, 오늘 그 잘난 뿔을 잘라 주마!"

그가 검을 휘두르자 검은빛을 내뿜는 검강이 녀석의 뿔을 강타했다. 파괴자의 손목을 베어 버릴 수 있는 힘이다.

녀석의 뿔이 녀석보다 단단하지 않는 이상 베어질 것이다. 감촉은 있었다. 곧 녀석의 뿔이 절단되고, 땅에 떨어졌다.

"크라아아아!!"

녀석의 괴성이 쩌렁쩌렁 울린다. 고작 괴성뿐이지만, 마나가 담겨 있었다. 순식간에 송우가 공중으로 튕겨져 올라갔다.

"실라이론!"

재현의 외침에 실라이론이 즉각 반응하며 송우를 허공에 띄웠다. 그는 곧 안전하게 땅에 안착할 수 있었다.

"정확히 30초. 성과는 뿔을 잘라 냈군."

그러나 송우는 만족스럽다는 듯이 웃고 있었다. 용은 뿔에 다량의 마나가 집중되어 있다. 그렇기 때문에 뿔을 잃으면 힘이 많이 약화되었다.

이미 마나의 회복이 더딘 녀석이지만, 그래도 뿔을 잘라 낸 것과 안 잘라 낸 것의 차이는 명백하다.

"약간 미심쩍긴 했는데 정말로 뿔을 잘라 낼 수 있을 줄이야. 확실히 생존의 시대에 비하면 성장하긴 했어. 나도 마찬가지지만."

송우는 물론 정훈도 스스로의 힘이 늘었다는 것을 확실하게 깨닫게 되었다. 예전 같았으면 불가능했을 일이었기 때문이다.

용을 붙잡고 버틴다니. 녀석이 많이 약화된 상태에 유혁이 중력으로 눌렀다고 해도 생존의 시대 당시에는 상상도 못 한 일이다. 그런데 그것을 아무렇지 않게 해냈으니 자신의 힘에 도취되는 기분이다.

"이제 녀석은 마나를 이용한 공격을 아예 못할 거야. 칼날의 돌풍이나 가장 귀찮은 용의 함성도 말이지."

용의 함성이 그중 가장 까다로운 것이다. 온몸을 경직시키기 때문이다. 잠깐의 틈으로 생사가 갈리는 전장에서 용의 함성은 상당히 귀찮은 것이었다.

녀석의 눈빛이 변한다. 타오를 듯한 분노가 눈에 서렸다. 마나가 사라졌다고 하지만, 위압감은 변함이 없었다. 그러나 송우가 미소를 보였다.

"이제 덩치만 큰 도마뱀이야. 무서워할 건 없어!"

일제히 몰아치면 이제 이길 수 있다는 희망이 생겼다. 상급 헌터들도 환호하며 자신의 무기를 하늘 높이 쳐들었다. 하지만 곧 이변이 생겼다.

"잠깐, 저게 뭐야! 입에서 뭔가가 모이고 있잖아!"

새영이 소리치자 송우와 정훈이 녀석의 입으로 시선을 향한다. 녀석의 입에서 거대한 기운이 모이기 시작한 것이다.

"용의 숨결!"

예고도 없이 갑작스럽게 일어난 일이다. 녀석이 마지막 발악으로 사용하던 용의 숨결.

미리 대비하지도 않았고, 막을 방법도 없었다. 게다가 설마 아직도 용의 숨결을 사용할 힘이 남아 있는지 몰랐다.

녀석의 입에서 거대한 기운이 모이고, 곧 그들을 향해 쏟아졌다.

* * *

삐— 하고 이명이 귓속에 울린다. 재현은 흙먼지를 뒤집어쓴 채 누군가에 의해 일으켜졌다.

"다행히 멀쩡하군."

송우였다. 그가 재현의 이곳저곳 살펴보더니 씩 웃으며 머리를 툭 쳤다.

"크게 다친 곳도 없어 보이고. 잠깐 쉬었다가 얼른 회복하고 전투에 합류해야지."

재현은 여전히 정신이 없었다. 그러면서 자신의 상태만큼은 인지하고 있었다. 고막이 찢어진 것일까. 한쪽 귀가 제대로 들리지 않았다.

"재현아, 여기 있어."

나이아스가 치료수를 건네준다. 재현이 치료수를 마셨다.

"이지를 상실했다고 하더라도 자기 목숨 소중한지는 아는 모양이네."

재현이 피식 웃으며 치료수가 든 페트병을 뒤로 던져 버렸다.

"천만다행이야. 아무래도 서울을 쑥대밭으로 만들 때의 힘을 회복하지 못해서 큰 위력을 내지 못한 것 같아."

실라이론의 말에 재현이 고개를 끄덕였다.

재현과 정령들, 그리고 헌터들이 모든 힘을 쏟아 내서야 간신히 녀석의 공격을 막을 수 있었다. 후폭풍까지는 어쩔 수 없었지만, 그래도 막았다는 것이 중요했다.

모든 상황이, 현실이, 그의 마음이 얼른 나서라고 강요했다. 재현은 비명을 내지르고 있는 육신을 억지로 움직인다.

두 팔을 땅에 짚고, 두 다리로 일어서자.

하지만 그의 몸이 두 팔로 몸을 지탱하기도 전에 다시

쓰러졌다.

'최악이네.'

고막이 찢어진 것만이 아니라 달팽이관에도 영향을 미친 걸까. 확실히 머리가 핑핑 도는 기분이다.

재현은 정면을 바라보았다. 그곳에는 아직도 용이 서 있다. 여기서 쓰러지면 안 된다.

"아직 안 끝났어, 애들아."

재현은 정령들에게 힘을 내자고 격려한다. 정령들 앞에서 자신이 나약해질 수는 없다. 그가 삐거덕거리는 몸을 억지로 일으켰다.

"이거, 정말 힘들군. 아무리 때려도 쓰러지지를 않으니."

정훈이 뭔가를 받치고 있었다. 그는 거대한 방패를 들고 있었다. 없던 것이 생긴 것을 보면 새영이 만들어 낸 것이라는 걸 어렵지 않게 짐작할 수 있었다.

그녀는 질린다는 표정을 지으며 용을 바라보고 있었다.

"저건 당최 쓰러지지를 않네. 현주 씨는 이것보다 강했을 때 상대했는데도 저만큼 피해를 입혔는데. 얼마나 대단한 사람이었는지 확실히 알 것 같네."

유혁은 타서 못 쓰게 된 모자를 보고 한숨을 푹 쉬더니 입을 열었다.

"순간적인 위력만큼은 마스터 헌터들 중 최고였으니까

요. 그것만이 아니라 응용력도 뛰어났으니 여러 가지 기술을 사용해 큰 피해를 입힌 거겠죠."

현주는 마스터 헌터들이 호흡을 맞출 때면 부족한 점을 보완하고, 새로운 방법을 제시할 때가 많았다.

덕분에 지금의 대한민국 마스터 헌터들의 팀워크가 세계 톱클래스 반열에 올라 있는 것이다.

정면을 바라보니 용의 숨결을 사용한 용을 향해 모든 헌터들이 총공세를 퍼붓고 있었다. 용의 숨결을 사용하면 용은 경직 상태에 빠진다. 녀석도 다를 바 없었다.

그만큼 큰 힘을 토해 내는 만큼 대가가 따르는 것이다. 그러나 녀석의 손은 수정체만은 확실히 보호하고 있었다.

재현이 자신의 손을 바라보았다. 가만히 자신의 손을 바라보던 그가 결의를 했다.

"한 가지. 녀석을 무찌를 방법이 있어요."

재현은 각오한 표정을 지었다. 그들의 시선이 재현에게 꽂힌다.

"정말이냐?"

"예, 정말이에요. 하지만 시간을 끌어야 해요."

"못 할 것도 없지. 30초 정도면 가능할 것 같군."

"30초는 무리예요. 1분만 끌어 주세요."

"1분만이라…… 평소에는 적은 시간이지만 지금은 상

당히 긴 시간이겠군. 게다가 상당히 무리한 요구이기도 하고."

송우가 곤란한 표정을 지었다. 30초까지는 어떻게 될 것 같은데 1분을 버틸 수 있을까? 전혀 확신할 수 없었다.

정훈, 새영, 유혁도 곤란한 표정이다. 송우가 그에게 물었다.

"하지만 확실한 방법이겠지?"

재현은 말없이 고개를 끄덕였다. 그의 눈은 진지하고, 맑았다.

분명 성공할 수 있을 것이라는 확신에 차 있었다. 그것을 보고 송우가 결연한 표정으로 고개를 끄덕였다.

"좋아, 믿어 보지. 그녀의 제자라면 분명 비장의 수가 있을 것이라 보고 있으니까."

송우가 다시 한 번 검에 기를 불어 넣는다. 푸르스름한 기가 그의 검에 휘황찬란하게 덧씌워진다.

"마지막의 멋진 장면을 빼앗기겠군. 그럼 나도 한 달은 제대로 된 생활을 못 할 정도로 가 볼까?"

자신의 주먹끼리 부딪치자 그의 몸이 점점 거대해진다. 3미터가 넘는 장신이 된 데다가 덩치도 그에 맞게 변한다. 트롤 정도의 크기와 비슷했다.

커지면서 삐걱거리는 소리와 찢어지는 소리가 들린 것

을 보면 몸에 엄청 부담이 되는 기술이리라.

"후우, 나이가 들었나. 젊었을 적에는 혈기왕성해서 그런지 힘들어도 어떻게든 했는데."

새영이 한숨을 크게 내쉬며 기지개를 켠다.

"그 얘기를 제 앞에서 하시면 안 되지요, 새영 씨."

유혁이 인자하게 웃으며 지팡이를 빙글빙글 돌린다. 이 그룹의 최고 연장자답게 푸근한 모습을 보여 주었다.

"그의 기대에 우리도 부응해 줘야겠지. 그럼 가 볼까!"

녀석의 시선을 최대한 빼앗기 위해서 온 힘을 다해 정신없이 몰아치기 시작했다.

"큭! 우리도 돕자!"

"죽거나 살거나. 어차피 둘 중 하나야!"

상급 헌터들도 용에게 달려가며 힘을 보탠다. 어떻게 돌아가는지 모르지만 실낱같은 희망에 기대를 걸며 죽음을 각오했다.

재현은 눈을 살며시 감으며 집중한다.

'정령 폭렬. 아이언, 썬더, 다크니스.'

정령 폭렬.

그것은 정령 마법에 많은 정령력을 불어 넣으며 제2 의 힘을 끌어내는 것.

그의 오른손에 철검이 들리며 강력한 전류가 모인다. 그리고 철검이 검게 물들기 시작한다. 이번에 그는 왼손을 펼쳤다. 또다시 정령 폭렬을 사용했다.

'정령 폭렬. 바람의 힘.'

실라이론과의 계약의 증표가 반응하며 그의 몸을 뒤덮는다. 다량의 정령력이 빠져나간다.

'더블 기가, 대지의 힘.'

노에아넨의 정령의 증표가 반응한다. 먼저 나타난 계약의 증표 위에 덧칠해진다.

'트리플 기가, 물의 힘.'

나이아스의 정령의 증표가 반응한다. 마찬가지로 증표가 더해진다.

"쿼드라 기가. 불의 힘!"

셀레아나의 정령의 증표가 반응한다. 역시 덧칠해진다. 4대 원소가 한곳에 모이자, 그의 눈앞에 마법진이 나타난다.

쿼드리 기가. 정령 마법의 최고의 기술이다.

정령왕들이 알려 준 것은 딱 여기까지. 약간의 오차라도 허용하면 안 되는 최고 마법이다.

'잘못하면 손이 날아갈 수 있어.'

손이 날아갈 각오로 해야 한다. 그리고 최고의 기술이기 때문에 당연히 엄청난 정령력을 요구한다.

그럼에도 그는 고작 30초 만에 쿼드라 기가를 완성시켰다. 그러나 이것도 부족하다고 느꼈다.

이것으로 녀석을 끝낼 수 있을 것 같지 않았다. 확실하게 끝낼 수 있는 힘이 필요하다.

'정령 폭렬도 물, 불, 바람, 대지의 힘을 응용한 대정령사가 만든 것이라고 했지?'

그 사람이 정령에 대해 얼마나 전문성이 뛰어난지 모른다. 그러나 재현은 지식보다 감으로 하는 스타일이다. 그는 자신의 감을 믿기로 했다.

불안한 예감은 틀린 적은 없지만, 반대로 불안한 느낌에 매우 민감하다고 말할 수 있다. 이번 것에는 불안한 느낌이 없다.

오히려 좋은 느낌이다. 그는 분명 잘될 것이라고 자신했다.

마법이 발달한 세계에서도, 정령왕들조차 본 적이 없을 새로운 기술을, 지금 이 순간 사용하기로 한다.

그는 즉시 어둠으로 물든 검에 쿼드라 기가를 합성하기 시작한다! 성공하면 엄청난 신위를 발휘하게 될 것이고, 실패하면 다 같이 죽는다.

자신의 팔만 날아가는 것이 아닌, 이 공간에 있는 모든 헌터들의 목숨까지 담보로 내놓아야 할 지경이다.

'괜찮아. 어둠 속성이라면 가능해!'

그는 냉정하게 이를 판단했다. 가능할 것이다.

어둠은 모든 것과 쉽게 동화될 수 있는 속성이다. 물, 불, 번개, 금속, 대지, 바람 그 어떤 것이든 쉽게 물든다.

그 어떤 것과도 동화된다. 어둠은 형태가 따로 없다. 그렇다면 쿼드라 기가와도 충분히 동화되어 그 힘을 보태 줄 것이라고 자신했다.

그의 생각은 정확했다. 쿼드라 기가가 정확히 어둠의 검에 머물기 시작하는 것이다. 일곱 가지의 기술이 한곳에 모여 강렬한 기운을 내뿜고 있다.

'쿼드라 기가…… 아니, 이건 뭐라고 해야 될까?'

쿼드라 기가, 그 이상의 힘. 재현이 할 수 있는 최선의 힘이다. 상상한 것 이상의 힘이 머물러 있다. 이 정도면 녀석의 숨결과 맞부딪쳐도 결코 뒤지지 않을 위력이라고 판단했다.

'나도 괴물이었군.'

재현이 피식 웃는다. 괴물은 용만이 아니었다. 바로 자신도 포함되어 있었다.

"크라아아아!!"

"이런!"

마스터 헌터들이 시선을 끌어 주고 있었지만, 녀석이 심상치 않은 기운을 느꼈는지 마스터 헌터들을 완전히 무시한 채 재현에게 달려들었다. 재현에게서 느껴지는 강렬한 기운에 위협을 느낀 것이다.

"재현이는 우리가 지켜!"

나이아스가 강한 기운을 내뿜으며 녀석에게 강한 물줄기를 쏘았다. 벗겨진 피부 속으로 강한 타격을 가했다.

녀석이 괴성을 지르며 날카로운 발톱을 찌르듯 들어왔다. 녀석은 나이아스마저 무시하고, 오직 재현을 배제하기 위해서 발톱을 휘두르는 것이다.

나이아스가 아주 미세한 시간이라도 늦추기 위해 녀석의 경로를 막았다. 녀석의 발톱이 나이아스를 찢어발겼다.

녀석의 발톱과 이빨에는 희미하지만 마나가 머물고 있었다. 마나의 공격에는 취약한 정령. 나이아스가 곧장 정령계로 역소환되었다.

"짜릿한 맛 좀 봐라!"

"뜨거운 맛도!!"

썬더라스와 셀레아나가 동시에 녀석에게 공격한다. 약간의 타격. 거칠 것 없는 용의 발톱이 썬더라스와 셀레아나마저 역소환 시켰다.

"메타리오스!"

"알고 있……어!"

노에아넨과 메타리오스가 흙과 강철로 된 벽을 만들었다. 흙과 강철의 벽이 너무도 쉽게 무너지며 그 뒤에 있던 노에아넨과 메타리오스도 타격을 받고 역소환된다.

두꺼운 장갑으로 이루어진 벽 덕분인지 녀석의 궤도가 살짝 어긋나 있었다. 그러나 그것만으로 부족하다.

"모든 희망을 네게 걸고 정령계에서 소식을 기다릴게."

실라이론이 회오리바람을 일으켜 녀석의 발톱의 궤도를 완전히 어긋나게 한다. 녀석의 공격은 실패로 돌아갔다.

"크라아아아!"

녀석이 분노하면서 이빨로 실라이론을 씹어 버렸다. 실라이론도 역소환되었다.

'고마워 얘들아. 덕분에 시간을 완벽히 벌었어.'

정령계로 돌아간 정령들에게 고맙다고 인사한다. 융합이 완료되었다. 방금 전과는 비교가 안 될 정도로 강렬한 기운이 머금어졌다.

재현이 고개를 쳐든다. 용과 재현이 다시 눈을 마주친다. 녀석은 재현을 가장 두려워하고 있었다.

단 한 번의 공격에 엄청난 타격을 입혔으니 두려운 것이다. 또한 그의 오른손에 들린 강렬한 기운의 검이 녀석의 모든 시선을 끌어 주고 있었다.

"크라아아아!!"

녀석이 아가리를 벌리며 달려든다. 엄청난 크기의 이빨.

인간인 이상 녀석의 이빨에 씹히면 잘게 다져질 게 뻔하다. 하지만 재현은 물러나지 않는다.

오히려 한 발자국 앞으로 발을 내디뎠다. 녀석의 살벌한 이빨이 두 눈동자 가득 투영된다. 그러나 역시 물러나지 않는다.

재현은 자신의 힘을 믿으며 다시 앞으로. 확실하게 녀석의 약점을 향해 쏜다! 그러기 위해서는 틈을 만들어야 했다.

"정령에게 육탄 방어를 하라는 계약자가 세상에 어디 있어!"

그의 의도를 알아챈 다크니아스가 불평을 토하며 그림자를 이용해 녀석을 붙들어 놓는다. 고작 1초밖에 되지 않는 시간이다. 구속에서 풀린 용의 발톱이 다크니아스를 베어 냈다.

이것으로 모든 정령들이 정령계로 역소환되었다.

하지만 그 덕분에 녀석의 빈틈이 만들어졌다.

재현이 눈이 그 어떤 때보다도 빛이 난다. 녀석의 수정체가 훤히 보인다. 저곳이다. 녀석의 수정체를 흔적도 없이 사라지게 만든다!

화아아악!

재현의 검에서 거대한 힘이 몰아친다. 재현은 자신의 정령력을 또 쏟아 부어 극한까지 끌어 올렸다. 무릎을 꿇고 녀석에게 도약한다.

녀석의 눈과 정면으로 마주친다. 녀석의 눈은 미지의 공포에 압도되어 있었다. 지금까지 자신이 인간에게 선사한 공포를 자신이 느끼게 되는 경우는 처음일 것이다. 재현이 검을 휘둘렀다.

"엘리멘탈 기가!"

화악!

강렬한 빛이 황야 전체를 백색으로 물들였다.

* * *

"이봐, 괜찮나!"

헌터들이 옹기종기 모여 있었다. 재현이 기침을 했다. 입 안에서 흙이 튀어나왔다. 아무래도 충격의 여파 한가운데에 있다 보니 흙에 파묻혀 있던 것 같았다.

"어떻게 됐어요?"

재현은 가장 먼저 상황부터 물어보았다.

"어땠을 것 같아?"

정훈이 씩 웃고 있다. 그의 표정을 보고 뻔하다는 듯 재현이 자신 있는 미소를 지었다.

"해치웠군요."

"그래. 넌 정말 대단한 놈이라니까."

정훈이 하하하 웃으며 그의 등을 때렸다. 다행히 방어구를 입고 있는 덕분에 아픔은 전혀 느껴지지 않았다.

'혹시 감각을 잃은 건 아니겠지?'

혹시나 마비가 온 건 아닐까 불안한 생각을 했다. 헌터들이 환호성을 지르며 서로 부둥켜안았다. 이길 수 없을 것이라 생각했던 싸움을 이겼다. 그것도 용과 전투를 치르면서 누구도 죽지 않았다.

이것은 기적과도 같은 일이라고밖에 말할 수 없었다. 종군기자가 영상을 촬영하면서 헌터들의 사진을 찍는다.

"하늘이……!"

한 헌터의 외침에 모두의 시선이 하늘로 향한다. 하늘이 점점 형태가 사라지고, 조각처럼 흩어져 내렸다. 하늘만이 아니다. 대지도 마찬가지였다.

"이런, 차원이 붕괴된다!"

녀석의 힘으로 만들어진 가상의 공간이다. 아마 녀석의 죽음과 함께 차원도 함께 붕괴하는 것이겠지.

이곳을 벗어나야 한다는 생각이 들어 재현이 일어나려고 했지만, 몸을 일으킬 수 없었다.

"이봐, 괜찮아?"

정훈이 그의 상태를 보고 몸 상태를 물었다. 재현은 솔직하게 말했다.

"틀린 것 같네요. 몸에 전혀 힘이 안 들어가네요. 졸리기도 하고요."

"이거 아주 엉망진창이구만. 하기야, 그런 엄청난 힘을 발휘했으니 기절하지 않은 게 신기한 일이겠군. 별수 없지. 남자를 업는 취미는 없지만, 특별 서비스다."

정훈이 그를 어깨에 둘러업었다. 아직까지 힘이 유지되는 것이 다행이라면 다행이다.

"얼른 뛰어! 문이 닫히기 시작한다!"

잠시 숨을 고를 틈도 없이, 그들이 좁아지는 문을 향해 내달리기 시작했다.

문을 통과하자 또다시 엄청난 멀미를 느끼는 초능력자들. 그러나 그들은 구토를 할 여유조차 없었다. 1층은 2층보다 붕괴가 더 심했기 때문이다.

"토하고 있을 시간 없어! 조금만 더 힘내! 다행히 녀석의 둥지가 작아지면서 거리도 멀지 않은 곳에 출구가 있어! 바로 눈앞에 있다!"

상급 헌터들은 송우의 외침을 들으며 죽을힘을 다해 뛰었다.

*　*　*

윤정은 이를 문 앞에서 조마조마해하고 있었다. 재현이 마스터 헌터가 된 것을 전혀 모르고 있었다. 그녀도 TV를 보고 있다가 알게 된 것이다.

"언니, 걱정하지 마. 잘될 거야."

아영이 윤정의 손을 잡아 주며 그들이 무사히 귀환하기를 기도했다. 그 옆에는 유라와 정우도 함께 있었다.

기자들만 아니라 많은 사람들이 용의 둥지로 향하는 입구 앞에 모여 헌터들이 무사히 귀환하기를 기다리고 있었다.

"그나저나 재현 오빠가 마스터 헌터일 줄은 상상도 못 했어요. 유라 언니는 알고 있었죠?"

"나도 처음에 헌터증을 새로 발급했을 때 깜짝 놀랐으니까. 당사자는 오죽했겠어."

그가 마스터 헌터가 되었다는 것을 가장 먼저 알게 된 사람은 유라였다. 그녀가 재현의 헌터증이 마스터 헌터증이라는 것을 알았을 때 얼마나 놀랐는지 모른다.

"마스터 헌터는 기밀인데 이미 얼굴이 팔릴 대로 팔렸으니……."

이제 그는 얼굴이 전 세계적으로 팔렸다. 이미 그는 세계 슈퍼스타나 다름이 없었다. 마스터 헌터에 대한 모든 정보는 기밀.

당연히 얼굴이 언론에 노출되는 경우는 없었다. 헌관위에서도 결국 앞으로 마스터 헌터를 대표하는 인물로 만들기 위해 재현의 동의를 얻기로 한 상황이다.

재현을 통해 민간인들과 소통하는 한편 헌터에 관해 널리 알리는 계기로 만들 생각인 것이다.

"문이……!"

시공간의 균열이 맹렬히 회전하며 점점 작아진다. 가만히 있던 기자들이 사진을 찍고, 카메라로 이를 촬영하기 시작했다. 도대체 무슨 일이 벌어지고 있는 것일까.

윤정의 걱정이 점점 더 커졌다. 모든 이들이 마음을 졸이기 시작했다. 헌터들이 얼른 빠져나오기를 기다리고 있는 것이다.

그리고 곧 시공간의 균열에서 사람들이 나오기 시작했다. 용을 소탕하기 위해 돌입한 헌터들이다. 문을 넘어오기 무섭게 수많은 카메라의 플래시가 일제히 터져 나오기 시작했다.

"우웨엑!"

나오자마자 심한 구토를 시작하는 헌터들. 썩 보기 좋은 광경은 아니지만, 헌터들이 왜 구토를 하는지 출입한 헌터들을 통해 알게 되었다.

게다가 그들은 시공간이 무너지는 것 때문에 쉴 틈도 없이 문을 두 개나 넘어왔으니 그 증상은 그 어떤 때보다 심했다. 그러나 헌터들은 멀미를 심하게 하면서도 빠져나왔다는 것에 기뻐했다.

"이봐, 드디어 도착했다고."

정훈이 멀미를 참아 내며 재현을 흔들었다. 안도감에 잠시 졸 뻔한 재현이 주위를 둘러보았다. 원래 세계로 돌아왔다.

"마스터 헌터님. 인터뷰 좀 부탁드립니다!"

"문 안에서 무슨 일이 있었나요?"

"용은 잡은 겁니까?"

기자들이 우르르 몰려들어 결국 라인 안으로 들어와 재현을 포위했다. 카메라가 재현에게 집중되었다.

재현이 마스터 헌터라는 것을 스스로 밝힌 데다 이미 얼굴이 다 팔려 이목이 집중되어 있다.

"상급 헌터입니다. 제가 목격했습니다. 용은 잡았으며 여기 전리품도 있습니다."

송우는 자신의 신분을 숨기면서 재현을 대신해 인터뷰를 하기로 했다. 그는 용에게서 가지고 온 전리품을 꺼내

보였다.

용의 눈과 비늘, 그리고 발톱 등이었다. 전리품에 모두의 시선이 돌아간다.

재현은 곧 그들 속에 윤정과 아영을 발견했다. 그녀가 울먹거리며 재현에게 다가왔다.

"오빠, 괜찮아?"

"응."

"다친 곳은?"

"고막을 좀 다쳐서 한쪽 귀가 잘 안 들려. 치료수 먹었으니까, 나중에 병원 가서 치료받아야지."

"힘들지 않았어?"

"힘들었어. 지금도 힘이 안 들어가네."

서 있는 것도 힘들었다. 윤정이 그를 꼭 끌어안으며 그를 단단히 지탱했다. 그들의 모습을 보고 플래시와 카메라가 다시 그들을 비춘다.

"근데 넌 괜찮아?"

"뭘?"

재현의 물음에 윤정이 의아한 눈빛을 보냈다. 자신이 힘들 것이 무엇이겠는가.

"나 마스터 헌터라고 얼굴 팔렸는데. 나는 상관없는데, 이러고 있으면 너도 이슈가 될 것 같아서 말이야."

신문 기사에 마스터 헌터의 여인이라고 뜰 것이 분명하다. 그렇게 되면 윤정도 일상생활에 어느 정도 지장을 받을 수 있었다. 그러나 윤정은 미소를 지었다.

"괜찮아. 생방송으로 내보내는 건 아니라고 하니까. 헌관위에서도 생방송으로 촬영을 금지했어."

"다행이네."

아마 이것이 방송을 통해 나간다 하더라도 그녀는 모자이크 처리가 되어 나가게 될 것이리라.

"문이 사라진다!"

누군가의 외침에 다들 뒤를 돌아보았다. 용의 둥지로 통하는 문이 서서히 오그라지며 부피가 작아진다.

이를 놓칠 수 없는 카메라맨들이 다시 플래시를 터트리며 사진을 찍기 시작한다. 용의 둥지로 통하는 문은 곧 자취를 감췄다.

"와아아아!"

귀환한 헌터들이 함성을 지른다. 재현이 하하 웃으며 바닥에 털썩 주저앉았다. 지금 이 순간만큼 그도 즐기기로 했다.

때마침 축하해 주기라도 하듯 구름이 걷히며 태양이 고개를 내밀었다. 따사로운 햇살이 그들을 밝혀 주었다. 그의 얼굴에도 미소가 피어오른 채, 몸이 뒤로 넘어갔다. 이제 버티는 것도 한계였다.

그는 기쁨을 만끽하며 끝까지 버티던 정신을 놓았다. 이날, 전 세계 언론에서 파도의 시대가 종식되었음을 공식적으로 선포했다.

Epilogue

파도의 시대가 끝나고, 이 사건은 헌터에 대한 권리 향상과 함께 잘못을 다시 되돌아보는 계기가 되었다.

전 세계 다발적으로 일어난 몬스터의 대출몰은 용의 소탕과 함께 사라졌다.

세계의 각 전문가들은 용의 둥지에 관한 일을 토대로 여러 가설과 연구를 하는 중이다.

용의 둥지에 있던 몬스터들이 일제히 쏟아져 나와서 대출몰이 시작되었다는 얘기가 지금까지 가장 신빙성 있는 가설로 받아들여지고 있었다.

그러나 아직 확실한 정황이 없는 만큼 그것도 가설일 뿐이다. 몬스터는 여전히 세계 곳곳에 출현하고 있었다.

파도의 시대 전에 일어난 몬스터 출몰의 상식은 이제 통하지 않았다.

몬스터의 출몰은 이제 궤를 달리했다. 주로 인적이 드문 곳에서만 출몰하던 몬스터는 인적에 상관하지 않고 어디에서도 나타났다.

이제 어디든 안심할 수 없지만, 정부에서는 이를 위한 대비책을 마련하고 테스트를 하는 중이다.

아직 시험 단계이기는 하지만 그래도 인명을 위해 많은 투자를 아끼지 않았다. 헌관위도 과거의 헌관위가 아니었다.

이제 확실하게 달라져 있었다. 몬스터에 대해 예민하게 반응할 때도 있지만, 그래도 아예 방비를 안 하는 것보다 나았다.

헌관위도 많은 인사들이 바뀌고 인식이 좋아지는 추세였다. 재현도 헌관위에 대해 어느 정도 좋게 보고 있었다. 상부가 바뀌고, 인식이 변하니 헌터들도 자신의 직업에 자부심을 느끼기 시작했다.

[중국에서 나타난 비행 몬스터들이 서해를 통과해 경기도와 서울 방면으로 접근해 오고 있다는 소식입니다. 현재 수도권에 몬스터 재해 경보가 발령되었습니다. 국민 여러

분들은 서둘러 대피소로 이동해 주시기 바랍니다. 한편 헌관위에서는 헌터들을 비상소집하기 시작했습니다.]

아파트 옥상에서 라디오를 듣고 있던 재현이 한숨을 내쉬었다. 그의 킵보이가 쉴 새 없이 울어 대고 있었다. 몬스터 비상 알림이었다.

"어휴. 결국 이곳으로 오네."

재현은 주위에 사이렌 소리가 울려 퍼지는 걸 들으며 한숨을 내쉬었다. 얼마 전 중국에 대규모로 출몰한 비행 몬스터가 결국 한국으로 경로를 돌린 것이다.

"이봐요, 거기 청년!"

재현이 뒤를 돌아보자 아파트 경비원이 서 있었다. 경비원은 그에게 손짓을 했다.

"얼른 내려와. 젊은 양반이 그러면 못 써!"

무슨 상황인지 깊게 생각하지 않아도 됐다. 아마 자살하려는 사람으로 오해했을 것이다.

'충분히 오해할 만한 상황이지.'

난간에 앉아 있으면 누구나 그렇게 생각할 것이다.

"무슨 일이 있는지 모르지만, 세상이 그렇게 각박하지만은 않아."

"아저씨. 몬스터들이 이곳으로 오고 있는데 대피 안 하세요?"

"눈앞에서 사람이 죽으려고 하는데 어떻게 도망쳐!"

그 말에 재현이 의아한 표정을 지으면서도 빙그레 미소를 지었다. 몬스터가 나타나면 누구라도 도망칠 텐데, 경비원은 도망치지 않는 것이다.

비행 몬스터가 바로 머리 위에서 날아다니고 있다. 당연히 경비원도 무섭고 두려워하고 있었지만 결코 피하지 않았다.

"키아아악!"

"으아악! 청년, 얼른 와!!"

비행 몬스터 한 마리가 경비원을 향해 달려든다. 그러나 역시 피하지 않고 있었다.

'세상에 윤정이와 같은 사람이 또 있구나.'

윤정이었으면 분명 이 경비원과 같은 행동을 했을 것이다.

재현이 만족스럽게 웃으며 하늘을 바라보았다. 동시에 그가 손을 젓자 비행 몬스터가 격추된 전투기처럼 추락한다. 경비원은 멍한 눈으로 이를 바라보고 있었다. 어떻게 된 건지 모르는 눈치였다.

재현이 난간에서 내려와 경비원을 일으켜 세웠다.

"어휴, 피하시라니까. 위험하게 왜 고집을 부리시는지."

"헌……터……?"

경비원의 시선이 곧 재현의 얼굴로 향했다. 후드를 쓰고 있어서 몰랐는데, 그의 얼굴을 보고 경비원의 눈이 휘둥그레졌다.

"당신은 마스터 헌……!"

경비원이 재현을 알아보았다. 그는 그저 빙긋 미소를 지으며 자신의 입술에 검지를 갖다 댔다.

"전 괜찮으니까 얼른 지하로 대피하세요. 비행 몬스터는 지하를 습격하지 못하니까요."

경비원이 아직도 얼떨떨한 표정으로 고개를 끄덕였다. 재현이 팔을 옆으로 휘두르자, 고등학생 정도로 보이는 신비한 분위기의 외국인 아이들이 갑작스럽게 나타났다.

"애들아, 준비됐지?"

"물론이지!"

나이아스가 힘껏 대답한다.

"오랜만에 신나게 싸울 수 있겠다!"

썬더라스는 그간 심심했던 모양인지 몬스터가 나타난 것을 좋아하고 있었다.

"졸려……."

메타리오스는 졸린 눈을 비비면서 재현의 등에 업히려고 했지만, 노에아넨이 이를 제지한다.

"메타리오스. 잠에서 깨야 해요. 공중전이라서 메타리오스와 저는 도움이 별로 안 되겠지만 그래도 열심히 서포트해야죠!"

노에아넨은 공중전이라고 해서 기죽지 않고 같이 하겠다는 의지를 표했다.

"오랜만에 몸 좀 풀어 보겠네."

다크니아스가 기지개를 켠다. 다크니아스는 굳이 할 필요도 없는 스트레칭을 했다.

"화끈하게 싸우자."

셀레아나의 몸에 불길이 일어났다. 셀레아나의 의지가 엿보였다.

"비행 몬스터는 바람처럼 빠르게 해치워야 해. 공중전은 내 주특기야. 나한테 맡겨."

실라이론은 자신감을 표했다.

순식간에 옥상이 북적거리자 경비원은 멍한 눈으로 이를 바라보았다. 어떻게 된 일인지 도통 감을 못 잡고 있었다.

재현이 난간에 다시 올라탄다.

"좋아, 그럼 가 볼까?"

갑작스럽게 돌풍이 불어오며 경비원의 시야를 가렸다. 바람이 어느 정도 멎자 경비원이 다시 정면을 바라보았다.

방금 전까지 난간에 있던 그는 사라지고 없었다.

그가 있던 자리에는 작게 소용돌이치고 있는 바람만이 남아 있을 뿐이었다.

〈완결〉

# 작가 후기

안녕하십니까, 현재 피를 토하고 있는 양인산입니다. 길고 길었던 정령사 헌터 성공기의 집필이 드디어 끝났습니다. 군 전역 이후의 첫 작품인 정령사 헌터 성공기입니다. 그 덕분에 군인들이 많이 나오게 되었네요.

정령사 헌터 성공기는 제가 소설을 쓰기 시작한 이래 처음으로 10권을 넘긴 소설이 되겠습니다. 후련하면서도 그간의 고생을 생각하니 눈물이 앞을 가립니다. 사람이 한 달에 두 권 집필하는 건 정말 할 짓이 못 되는 것 같습니다. 주인공들의 상황을 서로 헷갈려서 잘못 쓴다거나, 주인공 이름을 바꿔 써 버리거나, 전에 썼던 것을 깜빡하고 다시 넣어 재수정을 해야 했다든가. 참 많은 일이 있었습니다.

그 외에는 인물들의 생각과 대사를 적을 작은따옴표( ' )와 큰따옴표( " )를 영문 작은따옴표와 큰따옴표로 써서 일일이 수정한다든가. 예전부터 쭉 이렇게 해 왔기에 저는 전혀 생각도 안 한 거였는데, 알고 봤더니 영문 큰따옴표를 일일이 바꿔 줘야 하는 작업이더군요. 담당 편집자님께서 말씀해 주셔서 알게 된 사실이었습니다. 이로 인한 최대 피해자는 제 복잡한 원고를 받으시고 죽어나신 담당 편집자님이십니다. 이 자리를 빌려 조용히 묵념과 함께 사죄를…….

'정령사 헌터 성공기' 의 '성공' 이란 단어. 제목을 지었을 때부터 어떤 성공을 이끌어 낼까 많은 고심을 해 보았습니다. 성공의 기준이 사람마다 너무나 다른 까닭에 저도 어떤 성공을 이루어야 할까 생각했습니다. 누구는 자신의 꿈을 이루는 것이, 누구는 돈을 많이 버는 것이, 누구는 권력을 갖는 것이 성공이라 말합니다. 대체로 우리나라에서는 돈을 많이 벌면 그걸 성공이라고 하지요.

하지만 돈도 벌고, 상급 헌터까지 된 주인공이 과연 자신은 성공한 인생인지 다시 고심하게 만드는 일이 나타났습니다. 10권에서 나온 것입니다만, 과연 돈을 잘 번다고, 권력이 있다고 성공한 인생일까? 저도 별생각 없이 쓰다가 며칠 고민하게 만드는 일이 되어 버렸습니다. 뭐…… 옆 동네 대장장이처럼 자신의 일로 성공하고 싶네요. 하하하. 우리 재현이와 옆 동네 대장장이는 돈이 많아져서 배부른 고민을 다하고. 제가 부러워질 지경입니다.

재현의 경우 엔딩 이후로도 이 고민이 길어지겠네요. 헌터의 최고점을 찍은 재현이 앞으로 어떻게 해 나갈지, 스스로를 어떻게 생각할지 말이죠. 이미 엔딩이 되었지만, 작품 속의 재현은 저도 모르는 뒷이야기를 만들어 가고 있겠죠. 그건 독자님들 개개인의 생각에 달려 있습니다. 상상의 나래를 펼치셔서 재현이를 앞으로도 자주 굴려 주십시오.

글을 쓰는 내내 격렬한 전투 씬을 넣고 싶은데, 제 생각과는 달리 글에 녹이기가 힘드네요. 제 머릿속에서는 그 어떤 영화나 애니메이션보다 치열하게 싸웁니다. 아쉽게도 제 생각을 필력이 못 따라가고 있습니다. 이건 제가 오랫동안 연구하고 노력해야 할 과제인 것 같습니다. 독자들의 손에 땀을 쥐게 만들자!를 목표로 열심히 연구해 보도록 하겠습니다.

마지막으로, 많은 분들이 댓글을 달아 주시고, 평가해 주시고, 부족한 글임에도 이북으로 봐 주신 독자님들께 무한한 감사를 드립니다. 11권이라는 적지 않은 권수를 끝까지 달려 주신 독자님들에게 감사의 인사를 올립니다. 여담이지만, 카카오 페이지에 실시간으로 연재되는 것을 보며 누군가가 재촉하지 않아도 마감 압박에 시달리게 된다는 걸 처음 알았습니다. 이제야 그 부담감을 '조금' 덜 수 있게 됐네요.

현재 차기작을 구상해 놓기는 했습니다만, 당분간은 정헌기와 동시 집필 중이었던 『장인전생』에만 몰두할 생각입니다. 근 1년간 미친 듯 달린 탓인지, 건강 상태가 심히 문제가 되었습니다. 충분한 비축분이 만들어지거나 장인전생의 완결을 쓰기 전까지 차기작은 없을 것 같습니다. 지금처럼 두 권 쓸 여유가 없네요. 이제야 여유를 가지고 쓸 수 있게 되었습니다. 그러나 안심하기는 이릅니다. 마감을 했는데 또 마감이 있는 무한의 마감 굴레는 끝나지 않았으니까요!

애독해 주신 독자님들께 무한한 감사를 드리며, 저는 쉴 틈도 없이 다시 장인전생을 쓰러 가 보겠습니다!

설날 전까지 하얗게 불태운 양인산 배상.

PS. 인간의 욕심은 끝이 없고, 같은 실수를 반복한다고 하던데…….

DREAMBOOKS★

DREAMBOOKS★